小企鹅世界少儿文学名著

玛丽·波平斯阿姨回来了

[英]特拉弗斯◎原著　高美◎编译

天津出版传媒集团

天津人民出版社

图书在版编目（CIP）数据

　　玛丽·波平斯阿姨回来了 /（英）特拉弗斯原著；
高美编译 . -- 天津：天津人民出版社，2017.4（2019.5 重印）
（小企鹅世界少儿文学名著）
ISBN 978-7-201-11577-1

　　Ⅰ . ①玛… Ⅱ . ①特… ②高… Ⅲ . ①童话—英国—
近代 Ⅳ . ① I561.88

　　中国版本图书馆 CIP 数据核字 (2017) 第 071198 号

玛丽·波平斯阿姨回来了
MALI BOPINGSI AYI HUILAILE

出　　版	天津人民出版社
出 版 人	刘　庆
地　　址	天津市和平区西康路 35 号康岳大厦
邮政编码	300051
邮购电话	（022）23332469
网　　址	http://www.tjrmcbs.com
电子信箱	tjrmcbs@126.com

责任编辑	李　荣
装帧设计	映象视觉

制版印刷	三河市同力彩印有限公司
经　　销	新华书店
开　　本	710×1000 毫米　1/16
印　　张	10
字　　数	80 千字
版次印次	2017 年 4 月第 1 版　2019 年 5 月第 3 次印刷
定　　价	29.80 元

　　文学作品浩如烟海，而经典名著是经过岁月的冲刷之后留下的精华，每一部都蕴藏着深厚的文化精髓，其思想价值和文学价值是无法估量的。经典名著是人类宝贵的精神财富，贯穿古今，地连五洲。少年儿童阅读经典名著，可以培养文学修养、开阔视野、增长见识、树立正确的人生价值观。从儿童时期养成良好的阅读习惯，可以受益终身。

　　经典名著是人类智慧的结晶，经常读书的人，会散发出一种与众不同的气质，这种气质会在人们的生活中潜移默化地显露出来。儿童时期是塑造良好气质的重要阶段，阅读优秀的经典著名文学作品可以让人心旷神怡，陶醉在文学大师的才华之中，对塑造良好的气质有很大帮助。

　　随着教育的不断改革，教育部也对教学大纲进行了适当调整，调整后的教学大纲更加适应时代发展。全新的教学大纲更加注重

塑造少年儿童的文学修养，提升少年儿童的语文水平。因此，我们特别推荐了很多经典名著作为孩子们的课外读物。

为了能够让少年儿童更好地阅读与理解经典名著中的内容，我们精心挑选了少年儿童必读的几十部经典的国外文学名著汇集成此套丛书。该系列丛书共计60本，其中包含了内容丰富的传世佳作、生动有趣的童话故事以及饱含深情的经典小说，相信少年儿童在这个五彩斑斓、琳琅满目的文学海洋中，一定能够获取更多的精神财富。

我们在编写此套丛书时，将文学巨匠的鸿篇巨制，力求在不失真的情况下，撰写成可读性更强的短篇故事，更适合少年儿童阅读。与此同时，我们还遵循了文学鉴赏性的原则，对每一部经典名著都进行了深入的剖析，深入浅出地引导少年儿童了解这些经典文学名著的精髓，让少年儿童可以更加深入地理解名著想要表达的内容和现实意义。希望我们的系列丛书可以成为少年儿童的生活伴侣，成为将来攀登事业高峰的阶梯！

目录

CONTENTS >>

玛丽·波平斯阿姨回来了
MALI BOPINGSI AYI HUILAILE

第一章　风筝

名师导读

生活的一切都变得糟糕起来，这都是从玛丽阿姨走的那天开始的。谁能想到，玛丽阿姨在不辞而别几天以后又回来了……

zhè shì yí gè ān jìng de zǎo shang tiān kōng fǎng fú shì tòu míng de dà dì
这是一个安静的早上，天空仿佛是透明的，大地

yì chén bù rǎn yuǎn chù bù zhī dao nǎ lǐ yǒu guāng zài shǎn liàng zǒu jìn yí kàn
一尘不染。远处不知道哪里有光在闪亮，走近一看，

yuán lái shì yīng tao shù hú tong de rén jia lā qǐ le bǎi yè chuāng
原来是樱桃树胡同的人家拉起了百叶窗。

yí gè mài bīng qí lín de xiǎo fàn tuī zhe chē zǒu lái le jiù zài tā xiǎng shòu
一个卖冰淇淋的小贩推着车走来了。就在他享受

ān jìng shí guāng shí shí qī hào mén chuán lái kāi mén de shēng yīn xiǎo fàn jí máng
安静时光时，十七号门传来开门的声音，小贩急忙

gǎn le guò qu
赶了过去。

wǒ zài yě shòu bu liǎo le xiǎo fàn tīng dào yì shēng dà hǎn shì
"我再也受不了了！"小贩听到一声大喊，是

班克斯先生，他看起来非常生气。

"谁让你这么生气？"班克斯太太问道。

班克斯先生露出厌恶的表情，"还不是我的礼帽！"说着，他把礼帽踢出好远。

班克斯先生跟到帽子跟前，又是一脚，看来他的气还没消。

"你为什么和一顶帽子生气啊？"班克斯太太试探着问道。

"你自己看看！"班克斯先生吼道。

班克斯太太走到帽子前打量着帽子，只见里面充满了黑乎乎黏糊糊的物质，空气中弥漫着一股

语言加动作描写，形象地表达出了班克斯先生到底有多气愤，以及多在乎他的帽子。

guài wèi
怪味。

xié yóu ma
"鞋油吗？"

duì　　　bān kè sī qì jí bài huài de shuō　　yí dìng shì luó bó xùn　　ài
"对！"班克斯气急败坏地说，"一定是罗伯逊·艾

gàn de　　yí dìng shì tā bǎ xié yóu jǐ dào le wǒ de mào zi li
干的，一定是他把鞋油挤到了我的帽子里。"

kāi mén de shí hou　　bān kè sī xiān sheng gāng hǎo hé zài mén kǒu tōu tīng de xiǎo
开门的时候，班克斯先生刚好和在门口偷听的小

贩撞个正着。小贩踉跄（走路不稳）了一下，班克斯

先生气愤地喊道："你活该，难道你没有听到里面在吵

架吗？"小贩疑惑地看着班克斯先生，当然还有他那顶

闪闪放光的，涂满鞋油的大礼帽。

小贩之前忙了半天，现在终于闲了下来，他给自己

做了一个冰淇淋吃了起来。他经常在这一带卖冰淇淋，

知道班克斯家有四个孩子，简和迈克尔，还有一对双

胞胎：约翰和芭芭拉。

"哦，其实他说得对，许多事情都变得非常奇怪，尤

其是在玛丽·波平斯走了以后。"班克斯太太开始啜泣，

"玛丽阿姨走了仅仅一天，就开始怪事不断，这真的太

让人头疼了。"

这件事的起因是迈克尔向玛丽阿姨吐了一

口口水，玛丽阿姨感到不堪便离开了。家里的保

姆——布朗不久以后也走了。奎莉小姐是下一任

bǎo mǔ dàn shì bān kè sī tài tai shí zài shì rěn shòu
保姆，但是班克斯太太实在是忍受

bu liǎo tā měi tiān yào tán qín jǐ gè xiǎo shí cái kě
不了她每天要弹琴几个小时才可

yǐ zuò fàn de máo bing bù jiǔ yě ràng tā zǒu le
以做饭的毛病，不久也让她走了。

zhè hái bú suàn fā shēng zài nà kē yīng tao shù shang
"这还不算发生在那棵樱桃树上

de guài shì
的怪事！"

yí gè lěng lěng de shēng yīn zài shēn hòu xiǎng qǐ yān
一个冷冷的声音在身后响起："烟

cōngzháo huǒ le shì bù lǐ ěr tài tai
囱着火了！"是布里尔太太。

这个排比句用得很巧妙，班克斯太太到底有多头疼，我们能清晰地体会到。

shén me kuài jiào rén lái miè huǒ luó bó
"什么！快叫人来灭火！罗伯

xùn ài ne kuài qù hǎn tā lái bān kè sī tài tai zháo
逊·艾呢，快去喊他来。"班克斯太太着

jí jí le
急极了。

wǒ xiǎng tā yì shí bàn huì shì bú huì guò lai
"我想他一时半会是不会过来

de bù lǐ ěr tài tai shuō gāng gāng wǒ hái kàn
的"布里尔太太说，"刚刚我还看

dào tā zài fàng sào bǎ de guì zi li shuì de zhèng
到他在放扫把的柜子里睡得正

xiāng ne
香呢！"

zhē teng le xǔ jiǔ huǒ zhōng yú bèi pū miè le bú
折腾了许久，火终于被扑灭了，不

过这并没有让班克斯太太轻松下来。

现在，楼上传来一阵清脆的、东西碎裂的声音。

声响是从厨房传出来的，家里的女仆艾伦倒在地上一直在大喊："我的腿，我的腿！"地上全都是摔碎的瓷片。

"不要大喊大叫的，你仅仅是扭伤了！"班克斯太太

méi hǎo qì de shuō dào
没好气地说道。

　　ài lún bìng méi yǒu tīng jiàn bān kè sī tài tai de huà　réng rán zài dà jiào
　　艾伦并没有听见班克斯太太的话，仍然在大叫。

ài lún dà jiào de shēng yīn hái méi tuì qù　lóu shang jiù chū le xīn luàn zi　hái
艾伦大叫的声音还没退去，楼上就出了新乱子。孩

zi men chǎo nào shēng jiā zá zhe ài lún de dà jiào　měi yì shēng dōu xiàng shì yì
子们吵闹声夹杂着艾伦的大叫，每一声都像是一

bǎ xiǎo chuí zi zài qiāo da bān kè sī tài tai de xīn zàng
把小锤子在敲打班克斯太太的心脏。

　　hái zi men wéi zhe bān kè sī tài tai jī jī zhā zha shuō gè bù tíng　ér
　　孩子们围着班克斯太太叽叽喳喳说个不停，而

tā què zhǐ néng qiáng rěn zhe fèn nù jì xù gěi dà hǎn dà jiào de ài lún bāo zā
她却只能强忍着愤怒继续给大喊大叫的艾伦包扎

shòu shāng de tuǐ　zhōng yú bān kè sī tài tai bào fā le　nǐ men quán dōu ān
受伤的腿。终于班克斯太太爆发了："你们全都安

jìng　hái zi men hé ài lún hǎo xiàng tū rán zhī jiàn duàn le diàn　fáng jiān li yí
静！"孩子们和艾伦好像突然之间断了电，房间里一

xià ān jìng le　dà gài hái zi men zài xiǎng　tā zhè shì yào fēng le ma　nán
下安静了。大概孩子们在想：她这是要疯了吗？难

dào zhī hòu hái huì yǒu shén me shì qing chū xiàn ma
道之后还会有什么事情出现吗？

　　bān kè sī tài tai shuō　xiàn zài nǐ men quán dōu gěi wǒ cóng fáng jiān
　　班克斯太太说："现在你们全都给我从房间

li chū qu　ài lún shòu shāng le　jīn tiān bú huì zhào gù nǐ men le
里出去！艾伦受伤了，今天不会照顾你们了，

suǒ yǐ nǐ men dōu qù gōng yuán wán er dào xià wǔ zài huí jiā　mài kè ěr
所以你们都去公园玩儿到下午再回家。迈克尔

hé jiǎn　nǐ liǎ yào dān fù qǐ gē ge hé jiě jie de zé rèn　yuē hàn
和简，你俩要担负起哥哥和姐姐的责任；约翰，

把橡皮鸭子给芭芭拉；迈克尔，带上风筝，现在，从这间屋子里消失！"

迈克尔和简仍然赖着不走，直到听到班克斯太太说下午回来会有蛋糕吃。孩子们走的时候，班克斯太太还不忘说："你们过马路的时候一定要小心。"

迈克尔像小猫一样跟在简的后面，简向两边张望，确定没有车辆，周围只有一个卖冰淇淋的小贩。

"从玛丽阿姨走后一切都不对劲了，不是吗？"迈克尔嘟着嘴问道，"我真不喜欢现在的日子！"简和迈克尔推着摇篮车来到了公园的湖边，双胞胎在争抢玩具鸭子，简一把夺了过来："这应该是我的。"

"你猜它会旅行到哪里？"简一边说一边把鸭子丢进了湖中，"看，这是要漂洋过海去印度啦！"双胞胎沉默了几秒，然后开始嚎啕大哭。

迈克尔看了看风筝，"我们可以用这个让他们停

止哭闹。"他试着放飞风筝，但是风太小，不一会风

筝就掉下来了。他俩又尝试着放飞了一次，这次飞

得高了一点。

　　不过好景不长，天空出现了一片云，风筝飞得

太高了，迈克尔发现它被淹没在了云里。双胞胎

终于安静了，他们似乎专心地看着天空，但是迈

克尔手里的线却越来越紧。这样等了半天，风筝

还没出现。

　　过了一会，终于又能看见风筝的踪影了。

　　"等等，那不是我们的风筝！"迈克尔喊道，这到

底是发生了什么？

　　迈克尔是对的，他们的风筝本来是黄色的，但

是现在线上的似乎是藏青色的。"简，那是什么？

快些收线！"

　　这时已经能看见线上的是什么了。那是一个

通过非常细致的细节描写，把人物形象很立体地表现出来，让读者看到这里就能在脑海里想象出这个画面来。

人形的剪影，穿着蓝色的大衣，上面还有闪着光的银色扣子，她的腋窝夹着一把长柄雨伞，上面的鹦鹉头伞柄清晰可见。手的一边连着风筝线，另一边连着一个呢子手提包。

"是玛丽阿姨！"孩子们兴奋极了，大声喊着。她还是熟悉的容貌：高翘起来的、圆圆的鼻子，乌黑亮丽的头发和蓝色的眼睛。

"我就知道你一定会回来的！我真的好想你！"迈克尔紧紧地抱着玛丽阿姨，拽着她身上能抓的所有东西。

玛丽阿姨看到了还在摇篮车里的

双胞胎，她走过去给他们绑好带子、整理好毯子，

小宝宝们开心地叫起来，一切似乎都要变得好起来。

当班克斯太太看到她们时，简直不敢相信自己的眼

睛，"你是从天上来的吗？玛丽！"

"是，风筝线……"话还没说完，迈克尔就被玛丽阿

姨的眼神镇住了。

"我在公园里找到了他们几个在放的风筝，就顺便把他们带了回来。"

"这次你不会突然消失吧？"班克斯太太疑惑地问。

"我也不太清楚，可能不会吧！"

班克斯太太没什么可说的，便和玛丽阿姨把孩子们送回了房间。

玛丽阿姨把温度计放进简的嘴里，一会拿出来。

"简，你看上面写的什么？"玛丽阿姨拿着温度计让他们看，上面有几个字。"嗯，粗心，笨，不注意卫生。"

接着，她对迈克尔做了同样的事。"不听话，惹是生非，令人抓狂。"迈克尔念道。

约翰的体温显示的是：爱发脾气。

芭芭拉的体温是：被宠坏。

晚上，孩子们好像突然之间长大了，在很短的时间里吃完了饭，浴室里的肥皂毛巾仿佛都有了活动的能力，它们飞在空中，主动地帮着孩子们洗澡，还很乖地回归原位。"快到床上去！"玛丽阿姨说。

名师点拨

离开的玛丽阿姨回来了，真是一件让人开心的事情。其实，所有的重逢都是值得开心的，都是值得珍惜的。

第二章　倒霉的星期三

名师导读

　　星期三，简经历了一场神奇的历险，她来到了一个从未来过的神奇的瓷盆世界。这到底是怎么一回事呢？

　　jīn tiān shì xīng qī sān　mǎ lì ā yí dài zhe mài kè ěr hé shuāng bāo tāi qù
今天是星期三，玛丽阿姨带着迈克尔和双胞胎去
lā kè xiǎo jie jiā chī chá diǎn　jiǎn bèi liú zài le jiā li　yīn wèi tā bǐ qí tā hái
拉克小姐家吃茶点，简被留在了家里，因为她比其他孩
zi dà　zhè ràng tā hěn bù gāo xìng
子大，这让她很不高兴。

　　tā zài huàn xiǎng mǎ lì ā yí dài zhe tā men huì zài lā kè xiǎo jie de jiā li
她在幻想玛丽阿姨带着他们会在拉克小姐的家里
wán xiē shén me　shì zài chī zhe chá diǎn　hái shi zài hé lā kè xiǎo jie liáo tiān
玩些什么。是在吃着茶点？还是在和拉克小姐聊天？
hái shi zài dòu lā kè xiǎo jie jiā de gǒu wán er ne
还是在逗拉克小姐家的狗玩儿呢？

　　jiǎn zhí shì fēng le　　　jiǎn yì xiǎng dào tā men zhèng zài chī zhe hào chī
"简直是疯了！"简一想到他们正在吃着好吃

de dōng xi   tán xiào fēng shēng de liáo zháo tiān   jiù zhǐ
的东西，谈笑风生地聊着天，就止

bu zhù de shēng qì   dàn shì yì xiǎng qǐ lai shì zì
不住的生气。但是一想起来是自

jǐ ràng zì jǐ luò de rú cǐ jìng dì   tā jiù gèng shēng
己让自己落得如此境地，她就更生

qì le
气了。

dī da   dī da   de zhōng shēng ràng jiǎn gèng jiā xīn
　　"滴答，滴答"的钟声让简更加心

fán yì luàn   tā zhuā qǐ dì shang de yán liào hé   cháo zhe
烦意乱，她抓起地上的颜料盒，朝着

通过这一段心理描写，表现了简内心的渴望和煎熬。

钟一丢，砸中了钟面。

简赶紧闭上了眼睛。

"嘿，我受伤了！"屋子里响起一个声音。

简环顾房间，她并没有看到有人。

"嘿，我在这，我的膝盖受伤了。"

简继续寻找，她依然没有找到。

"我在这呢，傻丫头！"简顺着声音寻找，终于，她在瓷盆上面看到了一个甩着马鞭的小人，他的膝盖处被摔裂了。

"可是，你怎么会？我不明白。"

"没关系，迈克尔也不懂许多东西，不是吗？"瓷盆上的小人说。

"没错！"

"而且他非常笨，甚至连怎么照顾双胞胎，怎么画好鸟蛋这种小事都不会。"

"是的，可是你怎么知道的，哦，关于这些。"

"哦，亲爱的，你不会以为我们天天在这间屋子里面什么也看不见吧！好吧，虽然我们看不到浴室、厨房。"

"现在我介绍一下我们，我叫瓦伦丁，这是我的双胞胎兄弟们，威廉和弗拉德。哦，还有克里斯蒂娜。"小人的旁边果然出现了另外两个家伙，那是他的兄弟。

"很高兴认识你们，可是克里斯蒂娜在哪呢？我没有看见她。"

"好的，我邀请你来我们的瓷盆世界参观。"

这句话让简下定了决心。因为她要向迈克尔证明，不是只有他们才能去别人家做客。

"我同意。"

"好的，亲爱的，把你的手递给我。"简伸出手，瓦伦

dīng cóng wǎn lǐ shēn chū yì zhī shǒu   bǎ jiǎn xiàng wǎn lǐ lā qù   tū rán zhī jiān   jiǎn
丁从碗里伸出一只手，把简向碗里拉去。突然之间，简

jiù cóng ér tóng fáng lái dào le kuān guǎng de cǎo yuán   zhè li de tiān kōng zhàn lán chéng
就从儿童房来到了宽广的草原。这里的天空湛蓝澄

chè   cǎo dì sàn fā chū fāng xiāng
澈，草地散发出芳香。

wēi lián hé fú lā dé kāi xīn dì wéi zhe jiǎn bèng beng tiào tiao   wǎ lún
威廉和弗拉德开心地围着简蹦蹦跳跳，瓦伦

dīng què zài yì páng yì qué yì guǎi de zǒu zhe   ò   nǐ de tuǐ   wǒ hěn
丁却在一旁一瘸一拐地走着。"哦，你的腿，我很

bào qiàn
抱歉。"

"没关系，你不是故意的。"瓦伦丁微笑着说。

简掏出手帕为他包扎。

"好多了！"瓦伦丁把马缰绳放在简的手里。

威廉和弗拉德在前面，简摇着缰绳开心地跟在他们身后。

简被两匹马越拉越远，儿童房的影像也越来越小。

简转过头看看远方，发现在瓷盆的尽头还是儿童房，但是距离很遥远。

简觉得是时候该往回走了。

"我觉得我们该回去了。"简对三胞胎说。

"不不，还没到时候。"

"我的家人回家后发现我不在会着急的。"

"他们还有很久才能回来呢！你要不要看看我的颜料盒，有锌白色的。"

简这下可真的被吸引住了。她想着：等我看完颜料

我就回家。

"你们的家在哪？也住在瓷盆里吗？"

"当然，只不过在树林里，你看不到。"

不一会他们来到了一片树林，是赤杨树林。林子里黑黑的，几缕阳光透过空隙照在地面上，诡异的气氛让简很不安。但是没过多久他们就走出了树林。

"啊哈，我们到了。"瓦伦丁说。

简向房子的方向看去，只见房子以一个诡异的角度倾斜着，好像随时都会塌掉一样，门口的石狮子破败不堪，眼睛好像还在反射着幽幽的绿光。这可能是简这一生看到的最奇怪的房子，吓得她发抖。

"我不能在这里待很久，我要回家。"

"就一会。"

走进房间里，房间里刮着冰凉的风。

"克里斯蒂娜，快出来！"整个房间里都回荡

zhe　huí shēng
着回声。

　　fáng jiān li chū xiàn le　jí cù de jiǎo bù shēng dōng de　yì shēng mén bèi zhuàng kāi
　　房间里出现了急促的脚步声,咚的一声,门被撞开

le　　chū xiàn zài yǎn qián de shì yí gè　bǐ sān bāo tāi shāo wēi gāo yì diǎn de xiǎo gū
了。出现在眼前的是一个比三胞胎稍微高一点的小姑

niang　　xiǎo gū niang nǐ zhōng yú lái le　yuán xiān tā men yì zhí zài bào yuàn zhuā bu
娘。"小姑娘,你终于来了,原先他们一直在抱怨抓不

dào nǐ
到你。"

"抓我?" 简有点害怕了。

"祖父会解释的。"克里斯蒂娜发出了一阵奇怪的吱吱的笑声。

简随着克里斯蒂娜来到屋子里。

"是谁啊。"屋子里有一个沙哑的声音说。简循着声音看去,在房间阴暗的尽头,有一个瘦小的老人。他长得太奇怪了,干瘪得好像一个布袋,就算戴了一顶帽子也遮不住他秃秃的头,一撮小胡子长在小小的嘴下面。

老人回过头:"哦,原来是简,你终于来啦!"希望你来的时候顺利。"

"她是怎么被抓来的?"老人问瓦伦丁。

通过一段外貌描写,写出了老头的古怪,体现出环境的诡异和简心中的忐忑。

"因为她正在发脾气，把瓷盆扔在了地上，砸伤了瓦伦丁的膝盖。"

"哦，原来是这样。"老人发出一声轻轻的笑声。

"在这里你永远不用担心啦！因为在这里你就是我最小的孙女。来，亲爱的，坐到我身边来，你想喝点什么，酒还是茶？"老头子得意地说。

"不，不，我想一定是什么出错了，我不想待在这里，我想回家，我的家在樱桃胡同十七号。"简害怕得都要哭出来了。

"啊，曾经你是住在那里，但是现在你住在我这里了。"

"我才不想住在这。"简感到很无助。"我想回家。"

"想都别想。"老头子又一次发出了可怕的笑声。"你为什么想要回到那个鬼地方？这个地方阳光又好，空气还新鲜。你在那里每天都有做不完的活儿，在这什么事情都不要你去做，你就是我们的心肝宝贝。不要回去了。"

"就是就是，不要回去了！"三胞胎兄弟异口同声地说。

"我一定要回去。我一定要回去。"简哭了出来。

"哪有那么简单，你已经摔坏了瓷盆，弄坏了

我们的世界，除此之外，瓦伦丁的膝盖还被你弄伤了。这是你欠下的债，我要你做他们的妹妹，我的孙女来补偿。"

"我会用我所有的颜料补偿的，哦，对，还有我的铁环。"

"这些怎么可能够？"老头不屑地说。

简实在想不出办法，她看看瓦伦丁，瓦伦丁摇摇头。

"你们是什么东西？我这是在哪？我怎么才能回家去啊？"简眼泪汪汪的，希望得到同情。

"你永远也回不去了，你要知道这是六十年前，那时候没有玛丽阿姨，更没有迈克尔和双胞胎。"

简突然感到无比的后悔，她恨不得自己从来不觉得她比其他孩子大是负担，她更希望自己没有任性，没有发脾气，这样就能和玛丽阿姨一起去拉克小姐家吃茶点。

"玛丽阿姨！"简突然大叫。

"快围住她！"老头命令道。

"玛丽阿姨！"简更加大声喊。一只手穿过围着她的手，拉住她的手将她拉出来，简只觉得自己以飞快的速度被拖拽着，耳边回荡着的是老头子可怕的笑声。

原来是那个老头。

老头飞快地牵着简走着，三胞胎和克里斯蒂娜的声音越来越小。她感到了绝望。

就在这时，她感到另一只手拉住了她，在把她向相反的方向拉着。她感觉自己被抛到了空中，她不安地蹬着腿。

"救命啊！救命啊！"话还没喊完，她感觉自己落在了地上。

简就算已经落地，还在不停地踢着腿，直到她发现她在踢着玛丽阿姨。

"哦，玛丽阿姨，我实在是想死你了，我还以为你没听见我叫你呢！我还以为，我，我会永远被困在那个地方呢！"

"快擦擦你的脸。"玛丽阿姨还是面无表情。

玛丽阿姨伸手递给简她的蓝色手帕。简感觉真是好极了，又回到了自己熟悉的地方，还是老旧的扶手椅，散发着古老气味的地毯。她一边擦着她满是泪痕的脸一边想，能回到熟悉的地方真好。

"真希望之前发脾气的不是我而是别人。"简这样想。

简看见玛丽阿姨拿出来双胞胎的衣服准备熨烫，准备上去帮忙。

"让我来熨烫这睡衣吧，好吗？"

"哦，那可不行，你可是个大忙人，等一会迈克尔上来了，我会叫他帮忙的。"玛丽阿姨吸了吸鼻

zi yǎn jing xiàng xià piǎo zhe jiǎn
子，眼睛向下瞟着简。

méi yǒu guān xi de ràng wǒ lái ba mǎ lì ā
"没有关系的，让我来吧玛丽阿

yí jiǎn gǎn dào hěn xiū kuì dī xià le tóu zài
姨。"简感到很羞愧，低下了头。"再

shuō le wǒ men jǐ gè hái zi jiù wǒ nián jì zuì dà
说了，我们几个孩子就我年纪最大。"

jiǎn gǎn máng bǔ chōng dào
简赶忙补充道。

hǎo ba mǎ lì ā yí sī suǒ le yí huì rán
"好吧。"玛丽阿姨思索了一会然

通过玛丽阿姨与简的对话，表现出简诚心悔过的态度。

后说，"可别熨坏了它们。"

"你一定是在开玩笑，瓷盆那么小，你那么大，你怎么可能进到瓷盆里去？"迈克尔露出了嘲笑的表情。简很无奈，因为她知道就连她自己也不太相信这个故事。

"好啦好啦，你们快把你们奇怪的想法都收起来吧！"玛丽阿姨到了儿童房，她把双胞胎放到小床上。

"玛丽阿姨，你的围巾呢？丢了吗？"简看着玛丽阿姨问道。

"不会的，玛丽阿姨回来时我还看到她戴着呢！"

"管好你们自己的事就够了。"玛丽阿姨转过头说。

简觉得再和玛丽阿姨说下去也不会有什么结果。于是她乖乖地住嘴了。

"简，你真的是从瓷盆里面出来的？"

029
PAGE

nǐ wèi shén me tū rán zhè me shuō　jiǎn shùn zhe mài kè ěr shǒu zhǐ de fāngxiàng
"你为什么突然这么说？"简顺着迈克尔手指的方向

kàn qù　bì lú shang nà ge liè le fèng de cí pén shàngmiàn huà zhe sān gè xiǎo rén　tā
看去。壁炉上那个裂了缝的瓷盆上面画着三个小人，他

men zài wán qí mǎ　dàn shì zhòng yào de shì dāng mǎ fū de nà ge hái zi tuǐ shang xì
们在玩骑马。但是重要的是，当马夫的那个孩子腿上系

zhe jiǎn de shǒu pà　ér qiě cǎo dì shang jìng rán yǒu mǎ lì ā yí de wéi jīn
着简的手帕，而且草地上竟然有玛丽阿姨的围巾！

tā de wéi jīn jiù zài nà li　wǒ men yào bu yào gào su tā　mài kè ěr
"她的围巾就在那里，我们要不要告诉她？"迈克尔

xiǎo shēng duì jiǎn shuō　jiǎn niǔ guò tóu qù kàn zhe mǎ lì ā yí　fā xiàn tā zài jì
小声对简说。简扭过头去看着玛丽阿姨，发现她在系

tā wéi qún shang de kòu zi
她围裙上的扣子。

wǒ men hái shi bú yào shuō le   wǒ xiǎng   tā yīng gāi zhī dao
"我们还是不要说了。我想……她应该知道。"

jiǎn dīng zhe mǎ lì ā yí de wéi jīn   hái yǒu nà xiǎo xiǎo de cí pén shì jiè kàn
简盯着玛丽阿姨的围巾，还有那小小的瓷盆世界看

le hǎo yí huì   jǐn jiē zhe tā hǎo xiàng xià dìng jué xīn yí yàng zǒu dào mǎ lì ā yí
了好一会。紧接着她好像下定决心一样走到玛丽阿姨

gēn qián shuō   mǎ lì ā yí
跟前，说："玛丽阿姨。"

zěn me le   mǎ lì ā yí gāng shuō wán   jiǎn tū rán pū dào tā gāng gāng
"怎么了？"玛丽阿姨刚说完，简突然扑到她刚刚

xǐ guò de wéi qún li   xiǎo shēng shuō zhe   wǒ zài yě bù táo qì le   jīn tiān wǒ
洗过的围裙里，小声说着："我再也不淘气了，今天我

zhēn de cuò le
真的错了。"

mǎ lì ā yí qīng qīng de tuī kāi jiǎn   xiǎo shēng de shuō le yì shēng
玛丽阿姨轻轻地推开简，小声地说了一声：

hǎo de
"好的。"

jǐn jǐn zhǐ yǒu yí jù hǎo de ér yǐ
仅仅只有一句好的而已。

名师点拨

　　玛丽阿姨看起来对人非常冷淡，在面对简的感谢的时候也只说了一句"好的"，可是谁都无法否认她的善良。我们不能只凭一个人的态度去判断一个人的性格和品质。

MALI BOPINGSI AYI HUILAILE

第三章　颠倒先生

名师导读

　　每个月第二个星期一，玛丽阿姨的堂兄——阿瑟先生和他周围的一切都会颠倒过来。这让简和迈克尔学到：永远不要丧失对世界的好奇。

tiān shang xià zhe hěn dà de yǔ　mǎ lì ā yí dài zhe hái zi men zuò zài gōng
天上下着很大的雨，玛丽阿姨带着孩子们坐在公
jiāo chē shang　bú yī huì　chē dào zhàn le
交车上。不一会，车到站了。

jiǎn xiǎo xīn yì yì de ná zhe mǎ lì ā yí zhǔn bèi gěi tā de tángxiōng　diān
简小心翼翼地拿着玛丽阿姨准备给她的堂兄——颠
dǎo xiānsheng de cí pén　tīng shuō diān dǎo xiānsheng xiū lǐ dōng xi de néng lì hěn qiáng
倒先生的瓷盆，听说颠倒先生修理东西的能力很强。

zhēn xī wàng tā néng gòu bǎ cí pén xiū chéng zhī qián de yàng zi　yào zhī dao
"真希望他能够把瓷盆修成之前的样子，要知道
yì tiān bù xiū hǎo cí pén　wǒ jiù yì tiān bù néng qù jiàn kǎ luò lín yí pó　mǎ
一天不修好瓷盆，我就一天不能去见卡洛琳姨婆。"玛
lì ā yí zì yán zì yǔ
丽阿姨自言自语。

032
PAGE

说起这个瓷盆，这是卡洛琳姨婆在她三岁时送给她当作礼物的。如果她知道瓷盆坏了，显然是不会开心的。

走过一个街区，眼前出现了一栋摇摇欲坠的小房子，玛丽阿姨小心翼翼地敲了敲房子破败不堪的门。

"咚咚咚！"

里面并没有动静，只传出了阵阵回音。

突然，门被打开了，开门的是一个胖胖的女人。这个女人的两个脸颊就好像两个红苹果一样，发髻高高的。

看到玛丽阿姨时，她脸上浮现出了一种不怎么开心的表情："果然是你，如果不是你，我就不是人！"

再看看玛丽阿姨的表情，她似乎也不怎么喜欢这个胖女人。

diān dǎo xiānsheng zài jiā ma
"颠倒先生在家吗？"

wǒ bù zhī dao   tā zài bú zài jiā yào kàn shì shéi zhǎo tā   pàng nǚ rén háo
"我不知道，他在不在家要看是谁找他。"胖女人毫

bú kè qi
不客气。

mǎ lì ā yí méi yǒu lǐ cǎi tā   jìng zhí zǒu jin le wū zi li
玛丽阿姨没有理睬她，径直走进了屋子里。

nà shì tā de yī fu hé mào zi   bú shì ma   mǎ lì zhǐ zhe yī jià shàng
"那是他的衣服和帽子，不是吗？"玛丽指着衣架上

de yī fu shuō
的衣服说。

胖女人不开心地把头扭到一边。

"那就是说他在家,因为我家里的规矩是只要出门一定会戴帽子的。"玛丽阿姨高傲地抬起头,扭身对迈克尔和简说,"跟我来,孩子们。"

他们走到了楼梯的尽头,在那里有一扇老旧的木门。玛丽阿姨用她的雨伞伞柄敲了敲门,"阿瑟哥,你在吗?"

"我不在,我已经出去啦!"里面传来一个声音。

"他骗人,我明明听见声音了。"迈克尔对简说。

"我就知道你在家。"玛丽阿姨大声向屋子里喊道。

这一段描写只闻其声不见其人,却生动地表现了颠倒先生的奇怪。

"我跟你说了我不在！"里面又传来一声大叫。

"哦，我竟然忘了。"玛丽阿姨说着就转动门把手，打开了门，迈克尔和简向门内看去。只见屋子里面除了一张工作台什么也没有。工作台上放满了乱七八糟的东西：碎成瓷片的盘子，四肢分离的玩偶，还有破败的刀子、两条腿的椅子等等。看起来全天下需要修理的东西都在这张工作台上了。

"天啊，还是让他跑出去了！"玛丽阿姨一边说着，一边冲到窗户旁边。她对着窗外大叫："阿瑟，你快给我进来！"正在简和迈克尔都在吃惊得合不拢嘴时，玛丽阿姨已经从窗台边上抓住了一只细长的白皙的腿。紧接着，一个长相苍老，身体高高瘦瘦的男人被拉了进来。

"你真是够了，我们给你带了重要的东西来修，你

què duǒ zài zhè li　　mǎ lì ā yí kàn qǐ lai hěn bù kāi xīn　　wǒ gào su nǐ
却躲在这里！"玛丽阿姨看起来很不开心。"我告诉你！

jīn tiān shì dì èr gè xīng qī yī　　ā sè wú gū de shuō
今天是第二个星期一。"阿瑟无辜地说。

　　shén me shì dì èr gè xīng qī yī　　nà shì shén me yì si　　mài kè ěr xiǎo
"什么是第二个星期一，那是什么意思？"迈克尔小

shēng wèn diān dǎo xiān sheng
声问颠倒先生。

　　diān dǎo xiān sheng sǒng sǒng jiān　　zhuǎn shēn duì mài kè ěr shuō　　xiè tiān xiè de
颠倒先生耸耸肩，转身对迈克尔说："谢天谢地，

zhōng yú yǒu rén wèn zhè ge wèn tí le　　měi gè yuè de dì èr gè xīng qī yī　　wǒ
终于有人问这个问题了，每个月的第二个星期一，我

生活中的一切都会颠倒过来！"

"什么叫一切都颠倒过来呢？"迈克尔瞪大他好奇的大眼睛。

"就比如今天我要在家待着，那么我就一定会在外面，我就会出去。如果我想在外面散散心，那么我就一定会在家。"

简点了点头，虽然她并没有听懂颠倒先生到底在说什么。

"就比如刚才玛丽来找我，我想回家，于是我一下子就到外面去。要不是她刚刚拉住我，我现在一定在外面了。"他接着补充道，"当然，仅仅只有三点到六点会这样，不过，这滋味也难过极了。"

"一切都是颠倒的，我想上楼，却只能下楼。我想把吃的送进我的嘴里，却只能眼睁睁的看它离我越来越远。"颠倒先生脸上又露出了忧伤的神

情。"最重要的是,"他都快要哭了出来,"每到这一天我的性情都会颠倒,你不会相信我是一个乐观开朗的人。"

看着颠倒先生的表情,简大概明白了。

"事情是怎么变成这样的呢?"迈克尔似乎总有好多问题。

"是啊!我生下来时本来是个女孩的。"

简和迈克尔不理解颠倒先生的意思,不过他们已经习惯了。

"就在那个月的星期二,我出生了,我本来应该是女孩子的,但是我却是个男孩子,于是每到这一天我的一切就会颠倒过来。"

颠倒先生又开始伤心地哭了起来。"这件怪事让我在这一天根本无法工作!"他指着他的工作台上各种坏掉的物件,"我不能在六点之前碰它们,

这段对颠倒先生奇怪之处的解释，显得充满童趣和想象力，非常有吸引力。

yào bù rán wǒ zhǐ huì bǎ tā men biàn de gèng zāo
要不然我只会把它们变得更糟。"

tā zhǐ zhe jià zi shang gè zhǒng huài le de wù jiàn
他指着架子上各种坏了的物件，

yí gè huā píng suì chéng le sì fèn yí gè gōng yì pǐn
一个花瓶碎成了四份，一个工艺品

chuán shàng de wéi gān bèi héng zhe chā zài le chuán shēn shang
船上的桅杆被横着插在了船身上。

hái yǒu yí gè yīn yuè hé tā de chǐ lún dōu bèi ná chū
还有一个音乐盒，它的齿轮都被拿出

lai líng sàn de fàng zài yì páng
来零散地放在一旁。

040
PAGE

"你看，那就是我失败的案例。"颠倒先生看起来要绝望了。

迈克尔和简露出了同情的表情，一旁的玛丽阿姨可不管这些。"我们来这里是让你修好这个的！"说着，玛丽阿姨掏出了那个瓷盆。

"哦，一个瓷盆，上面很大一条裂缝，看起来像是什么人把它摔成这个样子的。"

简脸上开始发烧。

"这看起来不难，但是，今天不行。"

玛丽阿姨开始用她严厉的目光盯着颠倒先生，说："不可能的，这非常简单，你只需要把裂缝两边接起来就好了。"

玛丽阿姨松开了拉住颠倒先生的手，想要去指那道裂缝，没想到她刚刚松开手，颠倒先生就开始止不住地打转。

"你为什么要放开我！"颠倒先生说话的声音随着打转忽大忽小，"快把门打开！"没等玛丽阿姨说完，颠倒先生便撞在了门上，想必是他想待在屋子里。

等颠倒先生停下来，他已经在天花板上悬挂住了。

"这次还算不错，如果是平时，我已经悬挂在天空中了。有时还会下雨，真是太糟了。"简和迈克尔抬头看着颠倒先生，眼神里充满了同情。

颠倒先生伸出手找玛丽阿姨要那个瓷盆，迈克尔见状，赶忙把瓷盆帮玛丽阿姨递给颠倒先生。当他拿着瓷盆靠近他的时候，一件神奇的事情在迈克尔身上发生了。

"哦天啊！这太神奇了！太棒了，简直太好玩了！"原来，迈克尔在靠近颠倒先生以后，他也像

颠倒先生一样开始打转，然后在屋子里上下翻飞，

最后他终于落在了颠倒先生身旁。

迈克尔小心翼翼地靠近颠倒先生，但是他的腿好

像有一点不听使唤。"对不起可爱的孩子，我不知道

我这种病还会传染！喂！小心，你差一点把我架子

上的物件踢坏!"话音刚落,简那里又出了状况。

简也和迈克尔一样,在屋子里翻来覆去,活像一只被抛来抛去的玩偶。

"哦,真的十分抱歉,这种情况还是第一次发生在别人身上。"颠倒先生脸上又浮现出那种伤心的表情。

但是孩子们好像并未因此感到伤心难过,因为这时候他俩都还在开心地笑着呢。

"颠倒先生,谢谢你!我从小到大从来没有经历过这么好玩的事,这简直太棒了!"简这时候正像一只蝙蝠一样倒挂在房顶上,双腿悬空,晃来晃去的。

"这也许对于你们来说很新鲜、很好玩,但是对我来说却不是这样。"他皱着眉头。

"真的是这样,颠倒先生,什么东西都是倒着的,我真希望世界一直是这样。"迈克尔这时玩

儿得正高兴呢。

"嘿，看那里！"简大声地叫着，迈克尔赶忙回头看，他发现原来是一只小老鼠在从墙角爬出来。

简还在兴致勃勃地观赏那只爬出来的小老鼠，迈克尔用吃惊的声音喊道："嘿，快看那，看窗外！太好玩儿了。"

简吃力地把头转过来，在这种条件下转头可不是一件容易的事。简顺着迈克尔的目光透过窗户向外看去，看到了她这一辈子都难以忘记的画面。窗外教堂的尖顶直直的插在地上，窗外的人都倒立着走在空气中。房子里的烟向地上飘着。"这

通过对这些画面的描写，表现了颠倒世界的奇妙，从而体现了孩子们的激动。

様的世界简直是太怪异了！"简笑着不停地指指点点。"对！没错，虽然很怪，但是很美！"迈克尔补充道。"今天能够来到这里看到这么神奇的东西多亏了你，颠倒先生。"

"哦，这还是第一次有人因为这个感谢我呢，谢谢你。现在帮我把那个瓷盆拿来吧！我会尽力修好它的。"

就在迈克尔伸手递出去，颠倒先生马上就要接到的时候，瓷盆忽然之间打了一个滚，刚巧从他的手里滑了出去。迈克尔和简都被这个场面逗得咯咯发笑。

颠倒先生可并没有那么开心："这对我来说不是一件好事。现在帮我把铆钉拿来，我要卯上这道裂缝。"

过了好久，颠倒先生流了好多的汗还有眼泪，终于把两边卯在了一起。最后，玛丽阿姨踮起脚尖，从在房

dǐngshang de diān dǎo xiānsheng shǒu li jiē guò cí pén
顶上的颠倒先生手里接过瓷盆。

hǎo de xiè xie nǐ wǒ men zǒu le mǎ lì
"好的，谢谢你，我们走了。"玛丽

ā yí gāng gāng zhuǎn shēn shēn hòu hái guà zài fáng dǐng de
阿姨刚刚转身，身后还挂在房顶的

diān dǎo xiānsheng tū rán kū le qǐ lái
颠倒先生突然哭了起来。

nǐ men dōu zǒu ba bú yào guǎn wǒ zhè ge qí
"你们都走吧，不要管我这个奇

guài de lǎo tóu zi nǐ men yě bú yòng bāng wǒ ná zhuō
怪的老头子。你们也不用帮我拿桌

这段对话体现了孩子们的善良和可爱。

子上的罐头，虽然我很饿。我知道我不配，我不应该要求你们留下来陪陪我。"说完，他想从口袋掏出手帕擦擦眼泪。

"我们就留下来陪陪颠倒先生好不好，玛丽阿姨。"姐弟俩用渴求的大眼睛盯着玛丽阿姨。

玛丽阿姨的大衣扣子系到一半停下了。

"那么……"玛丽阿姨表现得犹豫不决，过了一会儿，她终于下定了决心，留了下来。

"万岁！今天太开心啦！"迈克尔喊叫着。

"今天真是美好的一天！"简也非常享受。

名师点拨

简和迈克尔觉得颠倒先生非常可怜，想要留下来陪他。其实，老人上了年纪，都会觉得孤单，需要人陪，我们有时间的时候，也要多陪伴外公外婆爷爷奶奶哦！

第四章　新生的一个

名师导读

　　迈克尔和简的世界里很久没有新鲜的东西出现了。可是他们做梦也想不到，今天回家后他们就会发现他们又有了一个小妹妹——安娜贝儿。

　　"我们能不能不和艾伦一起去散步啊？我不喜欢她的红鼻子。"迈克尔嘟着嘴说。

　　简做了一个小声点的手势："你别这样，她会听见的。"可是好像已经晚了。

　　艾伦回过头，紧皱着眉头。"你以为这么热的天气里会有人想要散步吗？我也不想，我只是在做好我分内的事。"艾伦说着，看了看她推着的摇篮车。

tā yòng shǒu pà cā le cā tā de hóng bí zi
她用手帕擦了擦她的红鼻子。

nà nǐ jì rán bù xiǎng chū lai sàn bù wèi shén me hái yào lái ne mài kè
"那你既然不想出来散步，为什么还要来呢？"迈克
ěr jì xù zhuī wèn
尔继续追问。

hěn jiǎn dān yīn wèi mǎ lì ā yí bú zài qǐng nǐ bié nào le wǒ gěi nǐ
"很简单，因为玛丽阿姨不在。请你别闹了，我给你
mǎi bò he táng chī hǎo bu hǎo
买薄荷糖吃好不好？"

"可是我现在并不想吃薄荷糖，我只想要玛丽阿姨赶紧回来。"

艾伦没有理迈克尔。

简的眼睛向上翻着。"迈克尔，我能从我的帽檐里看见彩虹呢！"简兴奋地对迈克尔说。

"我怎么没有看见。"迈克尔凑了过去，用各种角度观察简的帽檐。

不一会，他们经过了一个十字路口，艾伦带着孩子们走到马路中央便站定不动了。

"怎么啦小姐，有什么需要帮忙的吗？"一个热心的交通警察跑了过来。

艾伦感觉到有点不好意思："这个……是这样，我要带孩子们出来散

步，但是我得了重伤风，我现在的世界都是天旋地转的。你知道，如果你能帮我带着孩子过马路，那最好不过了。"

"非常荣幸。"警察一只手推着载有双胞胎的摇篮车，一边用手挎住艾伦，把她温柔地送过了马路。

"星期六有时间吗？"警察很有兴致地问艾伦。

"嗯，说起来，可能是有的……下下个周六，是的。"艾伦的鼻子塞住了，她狠狠地揉了揉鼻子。

"真的太棒了，我下下个周六也没有事情，我2点会在这里。"

"我知道了。"

"那么就这么说定啦？"警察有礼貌地确定着。

"好的，就这么说定了。"艾伦脸上逐渐泛出和鼻头一样的红色。她继续向前走着，不时回头看看警察，发现每次回头看，警察都在那里注视着她。

"玛丽阿姨可从来都不会找警察来帮忙,她能搞定所有的事。"迈克尔说,"可是玛丽阿姨不和我们出来散步,她在家里做什么呢?"

"我的第六感告诉我,家里一定发生了一些大事。"简忧心忡忡地说。

"你怎么知道?"迈克尔赶忙追问。

"因为我身体里有一种空空的感觉。"

"简,我想告诉你,也许你真的只是饿了。"

"艾伦,我们不能再走快一点吗?我们走完这最后一点路就能够回家吃饭了啊!"迈克尔一蹦一跳地沿着小石子铺成的路边走边问。

"嗯,我想不行。"

"这是为什么啊!"

艾伦停下了脚步,她扶着公园里椅子的靠背低头看了看自己的脚。"因为我的脚……"

"你的脚怎么了,受伤了吗?"迈克尔关心地朝她的脚看去。

"不,并没有,只是我的脚只能走这么快啦!"艾伦说着,抬头向天看去。

"唉,如果是玛丽阿姨带我们出来就好了。"看起来

迈克尔很苦恼。

简这时似乎并不觉得无聊，因为她还在数帽檐里面的彩虹。

艾伦还在前面慢吞吞地走，鞋子和地面发出摩擦的声音，啪嗒啪嗒的。他们不知道在樱桃树胡同的家里，真的发生了一件大事。

房间里面正在紧张忙乱地折腾着，要是在外人看来，这里一定是要搞大扫除，或者是迎接圣诞节之类的。但是樱桃树胡同十七号这所房子拉上了百叶窗，从外面看就像其他房子一样安静地睡着。

突然，房子的门被布里尔太太打开了，辛普森大夫急急忙忙地从门里走了出来。看到辛普森大夫快速的步伐还有他小小的棕色的皮包远去的身影，布里尔太太来到了食品贮藏室："快出来，罗伯逊，

你在哪？"

她一步走两阶台阶，快速来到贮藏室楼上，罗伯逊正和往常一样躺在面袋上呼呼大睡呢！

"不要说话，不要说话。"布里尔太太小声说，她像一只正在抓老鼠的猫一样向班克斯太太的屋子里走去。布里尔太太顺着钥匙孔向班克斯的屋子里

看去，说："哦，我只能看见衣柜，还有她养的盆栽，还有……哦天啊！"

屋子的门突然敞开，吓得布里尔太太一个趔趄（1. 身体摇晃，脚步不稳。2. 进退不定，畏畏缩缩。形容尴尬的样子）差点跌下楼梯去。从门框里面亮亮的一片中可以看见玛丽阿姨的身影，她看起表情非常严肃，手里还抱着一个毯子。

"哦，玛丽，是你啊……我刚才在擦门把手！你知道的，你突然开门把我吓了一跳。"

玛丽阿姨低头看了看门把手，上面很脏，丝毫看不出擦过。

"我觉得你是在擦钥匙孔吧！"玛丽阿姨挑了挑眉，讽刺她说。

布里尔太太并没有感觉不好，因为这时候她的注意力全都被毯子卷吸引了。她伸出手掀起毯子

的一角，脸上露出满意的笑容。"亲爱的小宝贝，小绵羊，小猫咪！可爱的小东西，这感觉美好的就像周末。"

罗伯逊还是满脸倦容地打了一个哈欠，看着那个毯子卷。

玛丽阿姨瞥着他们:"管好自己的事儿就行!"她有点酸意地说。说完,她把地毯仔细地卷好,上楼去了儿童房。

"请让一下,请让一下!"班克斯先生好像一个点燃的火箭一样从楼下窜了上来,差点把布里尔太太撞倒。

他一屁股坐在了床上,气喘吁吁。"我根本没有打算要五个,这让我怎么办。"班克斯看起来愁眉不展。

"真是对不起。"班克斯太太冲他微笑。

"你现在的样子看起来像是对不起吗?你现在一定高兴得很!有什么可高兴的呢,孩子那么小,很小。"

"所有孩子都是从小长大的,我喜欢看着他们长大。"班克斯太太微笑着说。"这可真是不幸。"他愁眉

不展。

"你想没想过开销的问题，我要供她上学，给她衣服穿，还要三轮车，还有洋娃娃。"班克斯先生睁大眼睛看着天花板，"没准等我老了她却不能在我身边，只有我一个人孤独终老。"

"这……我没想过这些问题。"班克斯太太试图装成不开心的样子，但是她失败了。

"我就知道，你从没想过，浴室的瓷砖我是不会铺的。"班克斯先生也没了办法。

"好的，我还是非常喜欢那些旧瓷砖的，它们看起来很有光泽。"班克斯太太又恢复了她的微笑。

"你真是一个傻人，我要说的都说完了。"班克斯先生说完便走开了。

虽然班克斯先生在班克斯太太面前表现得非常不愿意，但是他一出门就昂首挺胸地拿出了一

gēn xuě jiā chōu le qǐ lai　　yīn wèi jiù xí sú lǐ　yǒu
根雪茄抽了起来，因为旧习俗里，有

le xīn de hái zi yào chōu yì gēn xuě jiā　　tā zǒu chū
了新的孩子要抽一根雪茄。他走出

jiā mén　　dé yì de bǎ zhè ge xiāo xi gào su le bù mǔ
家门，得意地把这个消息告诉了布姆

hǎi jūn shàngjiàng
海军上将。

zài ér tóngfáng li　　mǎ lì ā yí xiǎo xīn yì yì de
在儿童房里，玛丽阿姨小心翼翼地

bào zhe nà ge máo tǎn　　bǎ tā fàng jìn le xīn de yīng ér
抱着那个毛毯，把它放进了新的婴儿

chuáng lǐ
床里。

mǎ lì ā yí liǎn shang xiě mǎn le cí ài　　tā mò mò
玛丽阿姨脸上写满了慈爱，她默默

de zhù shì zhe ān nà bèi er kě ài de xiǎo liǎn
地注视着安娜贝儿可爱的小脸。

yángguāng yě qīng qīng fǔ mō tā xīn shēng de jī fū
阳光也轻轻抚摸她新生的肌肤。

qīn ài de bǎo bao　　qǐng bǎ yǎn jing zhēng kāi　　wǒ yào
"亲爱的宝宝，请把眼睛睁开，我要

bǎ wēn róu de huáng sè tóu shè dào nǐ yǎn jing lǐ　　　ān
把温柔的黄色投射到你眼睛里。"安

nà bèi er zhēng kāi le yǎn jing
娜贝儿睁开了眼睛！

zhēn shì gè hǎo nǚ hái a　　nǐ yǒu kě ài de
"真是个好女孩，啊，你有可爱的

lán sè yǎn jing　　shì tiān kōng de yán sè　　wǒ zuì xǐ huan
蓝色眼睛，是天空的颜色，我最喜欢

通过班克斯先生在屋子里和屋子外行为举止的对比，写出了班克斯先生此刻复杂的心情。

拟人化描写，表现了阳光的温暖和温柔还有童话色彩。

de yán sè　　　yáng guāng wēn róu de shuō　　tā yí huì biàn cóng ān nà bèi er de
的颜色。"阳光温柔地说。它一会便从安娜贝儿的

yǎn jing huá dào le tā de shēnshang
眼睛滑到了她的身上。

　　xiè xie　yáng guāng xiān sheng　wǒ gǎn jué hěn wēn nuǎn　　ān nà bèi er shū
"谢谢,阳光先生,我感觉很温暖。"安娜贝儿舒

fu de yǎn jing mī chéng yì tiáo féng
服的眼睛眯成一条缝。

　　nǐ shì xiǎngnòngchéng zhí fā hái shi juǎn fà　　fēng yě lái còu rè nao
"你是想弄成直发还是卷发?"风也来凑热闹。

"我想，还是卷发吧，至少卷发不用每天打理，不是很麻烦。"

"好的。"风温柔地说，一边从她刚刚生出没多久的毛发边拂过，给她弄了一个可爱的发型。

名师点拨

　　家里迎来了第五个孩子，安娜贝儿，简和迈克尔又添了一个小妹妹。如果你的家里也有弟弟妹妹，一定要和他们友好相处，千万不要吵架哦！

第五章　罗伯逊·艾的故事

名师导读

公园里，孩子们正在玩耍着，一个怪人突然走进了大家的视线。这个自称"坏蛋"的家伙与玛丽阿姨认识吗？

"大家一起来吧！"在公园里，玛丽阿姨正推着双胞胎和安娜贝儿一起去自己最喜欢的座位，湖边的一张绿色椅子。

在那里，玛丽阿姨总能够欣赏到自己在水中的倒影，看着那睡莲间若隐若现的脸，总能让她感到开心。

迈克尔和简就在身后跟着，迈克尔郁闷地抱怨着自

己只能跟着玛丽阿姨，不能随便逛逛。

玛丽阿姨立刻回过了头，看着他："帽子，戴好帽子！"

迈克尔赶紧把帽子拉到了眼睛上，他觉得帽子上印着的"英国皇家军舰军号兵"实在太适合自己了。

但是玛丽阿姨不这么觉得。"你们两个走得就像是乌龟一样慢，是不是连鞋油都蹭没了？"

"谁让罗伯逊·艾放假了，一定是他没来得及擦。"简赶紧辩解。

玛丽阿姨听了，气呼呼的往前走，说："那家伙这么懒惰，以后肯定也这样！"

她先抱出双胞胎，又抱起安娜贝儿，然后对着湖水开始满意地整理自己的缎带，最后拿出了毛线袋。

"你是怎么认识罗伯逊的？难道你们之前认识？"简很好奇。

065
PAGE

玛丽阿姨一边打着毛衣，一边严肃地说："只要你不问就不会有人骗你。"

迈克尔和简无奈地对视了一眼——玛丽阿姨又不回答他们。

很快，这件事情就被两个家伙忘记了，他们开

始玩起了办家家，又扮起了印第安

人，还拉上了双胞胎一起。接着，

孩子们又开始玩起走绳子的游戏，

椅子背就是他们的绳子。

"你们，注意我的帽子！"玛丽阿

姨很紧张，她褐色的帽子扎着缎带、

装饰着鸽子毛。

迈克尔沿着椅子小步走着，还在转

身的时候摘下帽子挥一挥，一本正经

地扮演着国王。

"别说话，迈克尔！"简的注意力被

湖对岸的人吸引了，她指着那里让迈克

尔看。

对面从小路走来的，是一个穿着

奇怪衣服的瘦高家伙：红黄相间的条

这些细节都表现了玛丽阿姨对外表的在意和爱美。

纹长袜、同样颜色的紧身上衣和宽边帽子，全身都是红黄色的条纹。

在简和迈克尔的注视下，怪人迈着慢腾腾的步伐走了过来，筋疲力尽地坐在玛丽阿姨身边。

玛丽阿姨抬起头看着这个怪人，大声抽了抽鼻子，说："请问……"

即使那人的脸隐藏在了帽子下，迈克尔他们还是听出怪人正在笑。

"你啊，总是那么忙！"他看着玛丽阿姨打的毛衣说，"就算是在王宫里也是这样，整天忙着收拾国王的床、擦干净那些宝石，只有你一直在干活！"

"当然，比你干的多。"玛丽阿姨不太开心。

"不，"陌生人笑了，"你不懂，我一直很忙。只是有件事花了我太多时间，那就是——闲着，几乎花了我全部的时间。"

mǎ lì ā yí méi lǐ tā　　　　mò shēng rén dà xiào qǐ lai　　rán hòu shuō dào
玛丽阿姨没理他。陌生人大笑起来，然后说道：

zài jiàn ba
"再见吧！"

tā yòng zì jǐ de shǒu pèng le xià mào zi de líng dang　dài zhe　dīng dāng　de
他用自己的手碰了下帽子的铃铛，带着"叮当"的

shēng yīn lǎn yáng yáng de zǒu kāi le
声音懒洋洋地走开了。

jiē xià lai　mǎ lì ā yí jiǎng le yí gè gù shi　zhè lǐ miàn tí dào le yí
接下来，玛丽阿姨讲了一个故事，这里面提到了一

个大坏蛋，他会唱歌，其中有一句是"黑白花的母牛"。

讲完故事，玛丽阿姨站了起来，跟孩子们说："好了，回去吧！"

然后她就推着摇篮车走了。

在路口拐弯的时候，迈克尔看到了公园大门处的那个陌生人——那个瘦高的、穿着红黄条纹衣服的家伙，正往樱桃树胡同走呢！他走过马路，就懒散地从围墙翻进了一个花园中。

"那不是我们家吗？"简发现了这一点，"快，我们追上他！"

他们抢在了玛丽阿姨前面。但是就在迈克尔跑到玛丽阿姨身边时，他被抓住了。

"行了，别胡闹。"

"可是……"迈克尔扭着，想要挣脱。

"忘了我说的话吗？简，你也过来，帮我推车好了。"

玛丽阿姨的眼神很凶，迈克尔只好听话，简也无奈地走了过来。

平时玛丽阿姨才不会把摇篮车让给别人呢，所以简觉得她是故意的，就不让自己超过她。果然，平时走路很快的玛丽阿姨今天简直就像是蜗牛爬，总是停下来左右张望，甚至还用了几分钟"观察"干草。

简觉得简直有好几个小时过去了，总算是出了公园，然后到了家门口，孩子们立刻跑向了花园那里。

可是，丁香花后面没有，杜鹃花后面也没有，甚至连玻璃温室、工具箱子和装雨水的大缸都看过，什么都没有。大坏蛋不见了。

只有罗伯逊·艾还在这里睡觉，脸都贴在了铡草机上。

"看来他跑了，我们再也见不到那家伙了！"迈克尔很失望。

而简就站在罗伯逊旁边，看着他戴着旧帽子压着脸。

"你说，他的假期怎么样呢？"迈克尔小声对简说。

但是，这样的声音还是被罗伯逊听到了，因为他动了动，换了个更好的姿势。这时候，一阵小声的"叮当"声从他脚下传来，好像是……铃铛！

"你听到了吗？"简心里惊讶极了，赶紧问迈克尔。果然，他也听到了。

这时候，罗伯逊·艾又"咕噜噜"说起了梦话，他们赶紧凑上去，听到他说："黑白花的母牛……恩恩，当然……那就不是我……"

这是玛丽阿姨讲的故事里的那首歌！简和迈克尔站在罗伯逊两边，惊讶地对视着。

"我得说……原来是他！"

这时候，玛丽阿姨竟然站在了他们身后！她生气地说："真是太懒了！"

虽然她的语气如此，她却从口袋中拿出了自己的手帕，然后将它垫在了罗伯逊的脸下面，看起来可一点都不像是生气的样子。

"嗯，这样他就不会有一张脏脸了，也许他醒了还会奇怪呢！"玛丽阿姨的语气别提多尖刻了，但是孩子们发现，她小心地没有惊醒罗伯逊，

对玛丽阿姨心口不一的描写，表现了她表面尖刻，其实非常关心罗伯逊。

hái wēn róu de kàn zhe tā
还温柔地看着他。

hái zi men duì shì yì yǎn　mò qì de xiào le
孩子们对视一眼，默契地笑了。

mǎ lì ā yí bǎ yáo lán chē tuī jìn le mén tīng li　guānshàng le mén
玛丽阿姨把摇篮车推进了门厅里，关上了门。

ér luó bó xùn hái zài huā yuán zhōng tǎng zhe　　hū hū dà shuì
而罗伯逊还在花园中躺着，呼呼大睡。

wǎn shang dāng jiǎn yǔ mài kè ěr gēn bà ba shuō wǎn ān de shí hou　kàn dào tā
晚上，当简与迈克尔跟爸爸说晚安的时候，看到他

fā qǐ le pí qi
发起了脾气。

"嘿，我的领口呢？老天，竟然是在碳粉里，在壁炉的柜子上！一定是罗伯逊干的，那是个坏家伙！"

他不明白，为什么听了这话，自己的孩子们突然笑了起来。

名师点拨

罗伯逊·艾喜欢在工作的时候睡觉，这可不是什么好的习惯。在工作和学习的时候，我们一定要用心，千万不要向他学习。

第六章　夜游

名师导读

流星将迈克尔和简带到了天上，欣赏了一场别开生面的星群表演，还看到了玛丽阿姨！

晚上睡觉的时候，迈克尔和简睡不着，就坐起来看星星。这时候，一颗特别亮特别大的星星直直地向他们的樱桃树胡同飞过来。

"快藏起来！迈克尔！"简叫道，"它朝我们飞过来了！"

他们飞快地钻进床上的毯子里面。

"过去了吗？我透不过气了。"迈克尔闷着声音说。

"我还没走呢！"窗边一个清脆的声音回答。

简和迈克尔惊奇地坐了起来，看
到窗户边有一颗翘着发亮的尾巴的
流星。

"你们都过来这边。"流星说。

迈克尔的眼睛都瞪圆了。

"可是……你是……"

流星轻笑起来。

"你们还不明白，是吧？"

"你是要……我们跟你一起走
吗？"简问道。

通过对话展现了一个可爱的星星的形象。

"对了，穿暖和了哦！"星星说。

他们立即奔去拿上外套。

"有钱么？"星星问。

"我只有两便士。"简说。

"铜币不能用，给你们这个。"星

xīng shēn shǒu sǎ le yì bǎ huǒ xīng qí zhōng liǎng kē fēi dào jiǎn hé mài kè ěr
星伸手撒了一把火星，其中两颗飞到简和迈克尔

de shǒu li
的手里。

kuài diǎn mǎ shàng yào chí dào le jiǎn hé mài kè ěr gēn zài xīng xing hòu miàn
"快点，马上要迟到了。"简和迈克尔跟在星星后面

bēn chū fáng jiān
奔出房间。

wǒ men bú shì zài zuò mèng ba jiǎn biān zǒu biān shuō
"我们不是在做梦吧？"简边走边说。

gēn shàng a xīng xing zài hú tong kǒu tiào dào le kōng zhōng xiāo shī le
"跟上啊！"星星在胡同口跳到了空中，消失了。

"快点上来！你们到星星上面来！"远处有声音传来。

简紧紧抓住迈克尔的手，小心翼翼地把脚抬起来，正好有一颗最低的星星被踩在脚下面。简登上星星，拉着迈克尔也在星星上站稳，一起上了闪烁的天空。

星星在他们前面带路。简回头看，整个世界已经变得渺小起来。

不一会儿，他们停下了，身后是星星楼梯通到地面，前面只有蓝色的天空。

"现在我……我们怎么办？"迈克尔哆哆嗦嗦地问道。

"来来来，来看世界魔术的奇观！付了钱要什么有什么！"他们隐约听到这样的声音，可是周围并没有人。

"不要错过，金牛还有小丑，绝对想不到的星座演出！拉开帘子，快过来吧！"

又是一阵响声。简试探地伸出手，天空居然是一道幕布！简拉着身后的迈克尔，拉开了眼前的帘子。

一道亮光照出来，原来眼前是一个类似圆锥形帐篷一样的东西。

"欢迎啊，差点迟到，你们的票呢？"

他们这才看清楚，眼前是一个奇怪的巨人猎人，披着一块星星花纹的豹皮毯子，腰带上镶着三颗大星星，还佩着一把同样亮闪闪的剑。

"我们没有票……"简说道。

"粗心可不是一个好习惯哦。这里没门票是不让进的，你手里有什么？"

简把金火星递出去。

"啊哈，这就是票！"他把火星放进腰带的三颗大星

星中间，"猎户的皮带应该更亮一些，哈哈！"他高兴地说道。

"你说你是猎户？"简问道。

"看不出来么？快点进去吧，我要在这里负责守门。"

孩子们有点害怕，手拉着手渐渐往前走。他们看到一边是座位，另一边是一个圆场子，场子里面是闪闪发光的各种奇形怪状的动物。他们仔细分辨才发现，这些动物都是星星组成的。

"欢迎光临！"一条身上缀满星星鱼鳞的金鱼有礼貌地冲着简鞠躬，"今天的天气很适合演出。"

简正想回答，它已经匆匆忙忙跑走了。

"好奇怪的动物！"简说，"我从来没见过。"

"什么东西奇怪呀？"后面有人问道。

两个浑身发亮、尖帽子上点缀着一颗星星的男孩，

zhàn zài tā men shēn hòu chòng tā men wēi xiào
站在他们身后冲他们微笑。

　　duì bu qǐ　　jiǎn lǐ mào de huí dá　　wǒ méi yǒu jiàn guò xīng xing zǔ chéng
　　"对不起，"简礼貌地回答，"我没有见过星星组成

de dòng wù
的动物。"

　　tā men shì xīng qún a　　qí zhōng yí gè nán hái shuō dào
　　"他们是星群啊。"其中一个男孩说道。

　　hǎo xiàng chén tǔ dōu shì jīn zi　　mài kè ěr gāng xiǎng shuō diǎn shén me
　　"好像尘土都是金子……"迈克尔刚想说点什么，

lìng yí gè hái zi jiù xiào le
另一个孩子就笑了。

"那是星尘，你们从来没看过马戏表演吗？"

"这样子的从来没有。"

"马戏表演都差不多的，"第一个孩子说，"不过我们的动物和你们的不一样。"

"你们是谁啊？"迈克尔问道。

"北河二和北河三，我们是双胞胎。"

"跟身体连起来的双胞胎一样吗？"

"是的，除了身体连起来，我们还只有一颗心，我们想的和梦到的都一样。好了，我们还有事，待会儿见喽！"双胞胎跑开了。

"嘿！"不知什么地方传来了声音，"你们有没有葡萄干小面包？"

只见一条鼻子冒气的天龙向他们走来。

"不好意思，我们没有。"

"那饼干呢？"天龙又问道。

他们摇头。

"我就知道是这样！"天龙说着，流下了了金色的眼泪，"有马戏的晚上总是演完之后才有的吃。平时我还可以吃漂亮的姑娘……"

简听完就拉着迈克尔的手向后退。

"噢，不要害怕。"天龙说，"我不会吃你们人类的。他们就是让我饿肚子，才能表演得精彩。"天龙说完就走开了。

"还好我们是人，"简对迈克尔说，"不用被天龙吃掉。"

迈克尔已经被前面的三只小羊吸引过去了。

"你们怎么表演？"迈克尔问道。

大羊正要开口。"嘿，你们！"猎户

dǎ duàn le tā   hái méi dào shí hou   gǎn jǐn qù zhǔn bèi ba   qǐng gēn wǒ lái
打断了它，"还没到时候，赶紧去准备吧！请跟我来。"

tā duì hái zi menshuō dào
他对孩子们说道。

tā men zài liè hù hòu miàn zǒu   jīng guò jīn sè de dòng wù shí   tīng dào tā men
他们在猎户后面走，经过金色的动物时，听到他们

xiǎoshēng de yì lùn
小声的议论。

tā men shì shéi   yì tóu liàngshǎnshǎn de dà jīn niú tíng xià shǒu li de dòng
"他们是谁？"一头亮闪闪的大金牛停下手里的动

zuò wèn dào   rán hòu pángbiān de shī zi tiē zài tā ěr biān bù zhī shuō le shén me
作问道。然后旁边的狮子贴在他耳边不知说了什么，

只听到"班克斯"和"夜里出来"几个字。

这个时候，座位里已经坐满了星星缀成的人。猎户把他们带到空着位的置上。

"留给你们的，这里看得很清楚。马上就开场了！"

动物们出场了。他们坐好之后，兴奋地挺直了腰板。

不知道什么地方传来了响亮的喇叭声音，其中夹杂着马嘶声。

"彗星出场了。"猎户来到迈克尔旁边一边坐下一边说。

只见一共九个彗星依次跑了出来，它们头上编着辫子，还戴着银色的羽毛。

简正要为彗星们抱怨这身行头太热，猎户说了一句："嘘！马戏班经理来了！"

liè hù cháo zhe jìn kǒu de dì fang diǎn le diǎn tóu nà
猎户朝着进口的地方点了点头，那

li yuè lái yuè liàng le
里越来越亮了。

shuō huà jiān mù bù de dì fang yǒu yí gè hún shēn jīn
说话间，幕布的地方有一个浑身金

sè de jù rén chū xiàn le jù rén kàn qǐ lai xiàng bǎo tǎ
色的巨人出现了。巨人看起来像宝塔

yí yàng tóu fa rú tóng huǒ yàn quán shēn guāng máng sì shè
一样，头发如同火焰，全身光芒四射。

tā de jìn chǎng ràng chǎng zi lǐ rè le qǐ lai jiǎn hé mài
他的进场让场子里热了起来，简和迈

kè ěr tuō xià le dà yī
克尔脱下了大衣。

liè hù jī dòng de jǔ qǐ le yòu shǒu
猎户激动地举起了右手。

tài yáng wàn suì tā shǒu xiān hǎn dào hòu
"太阳万岁！"他首先喊道。后

miàn de xīng xing men gēn zhe hū yìng wàn suì
面的星星们跟着呼应："万岁！"

tài yáng huán gù le sì zhōu huí yìng dà jiā de jìng
太阳环顾了四周，回应大家的敬

lǐ huì xīng men pǎo le chū qu wěi ba yī yáo yí
礼。彗星们跑了出去，尾巴一摇一

huàng de
晃的。

xià miàn shì wǒ men le yí gè xiǎo chǒu pǎo le jìn
"下面是我们了！"一个小丑跑了进

lai dǐng zhe yì zhāng yín sè de liǎn shàng miàn hóng sè de zuǐ
来，顶着一张银色的脸，上面红色的嘴

这一段拟人化的描写，非常生动有趣。

bèi huà de hěn dà
被画得很大。

zhè ge shì xiǎochǒu tǔ xīng　　　 liè hù gào su hái zi men
"这个是小丑土星。"猎户告诉孩子们。

ménshén me shí hou méi yǒu yòng　　xiǎochǒuwèn qǐ gǔ guài de wèn tí
"门什么时候没有用？"小丑问起古怪的问题。

bàn kāi bàn guān de shí hou　　　jiǎn hé mài kè ěr　yì　kǒu tóng shēng
"半开半关的时候！"简和迈克尔异口同声(不同

de shuō
的嘴说出相同的话。指大家说得都一样)地说。

xiǎochǒu liǎn shang lòu chū jǔ sàng de biǎoqíng
小丑脸上露出沮丧的表情。

tài yáng lūn qǐ biān zi chōu le yí xià
太阳抡起鞭子抽了一下。

jì rán nǐ men zhī dao nà wǒ zài wèn yí gè mǔ jī guò mǎ lù shì wèi
"既然你们知道，那我再问一个。母鸡过马路是为

shén me
什么？"

wèi le dào mǎ lù duì miàn jiǎn hé mài kè ěr zài cì dà shēng hǎn dào
"为了到马路对面！"简和迈克尔再次大声喊道。

tài yáng de biān zi cháo zhe xiǎo chǒu de xī gài lái le yí xià
太阳的鞭子朝着小丑的膝盖来了一下。

xiǎo chǒu zài cì chū qiǔ tā fān le liǎng gè kōng xīn gēn tou
小丑再次出糗，它翻了两个空心跟头。

xiǎo jī dàn shēng zhī hòu xū yào shén me jiàng xiǎo chǒu wèn dào
"小鸡诞生之后需要什么酱？"小丑问道。

guǒ jiàng liǎng gè hái zi zài cì huí dá chū lai
"果——酱。"两个孩子再次回答出来。

biān zi cháo zhe xiǎo chǒu de jiān bǎng chōu guò qu xiǎo chǒu biān pǎo biān
鞭子朝着小丑的肩膀抽过去。小丑边跑边

jiào jié guǒ zhuàng shàng le bèi shàng bēi zhe yí gè rén de fēi mǎ xiǎo chǒu
叫，结果撞上了背上背着一个人的飞马，小丑

gǎn jǐn dào qiàn
赶紧道歉。

liè hù gào su hái zi men nà shì huáng hūn shí hou chū xiàn de jīn xīng
猎户告诉孩子们，那是黄昏时候出现的金星。

jiǎn hé mài kè ěr mù bú zhuǎn jīng de kàn zhe zhè ge rén qí mǎ zài yuán
简和迈克尔目不转睛地看着这个人骑马在圆

chǎng lǐ fēi bēn le yì quān yòu yì quān jīng guò tài yáng de shí hou tài yáng
场里飞奔了一圈又一圈。经过太阳的时候，太阳

shǒu li jǔ qǐ le yí gè jīn sè de yuán huán jiào dào tiào jīn xīng
手里举起了一个金色的圆环，叫到："跳"！金星

就轻盈地跳过了圆环，之后又重新稳稳地回到了飞马的背上。

"真棒！"简、迈克尔还有观众们都欢呼道。

小丑过来热切地说："我这么可怜，让我也骑一会儿飞马吧！"金星没有停留，笑着走了。

下面是三只小羊的时间，它们背诵了一首歌。

紧接着天龙进场，鼻子里还是冒着气，后面跟着双胞胎北河二和北河三，双胞胎手里抱着一个晶莹的白球，上面还能看出有山脉和河流。

"看起来像是月亮哎！"简说。

"就是月亮。"猎户说。

天龙和双胞胎在场上开始表演了，天龙用两条后腿站着，北河二和北河三在下面把月亮抛到天龙的鼻子上，天龙的鼻子顶了两次，月亮就稳稳待在它的鼻子上了，然后天龙跳起了圆舞。

tài yáng ná qi biān zi yī chōu ràng tiān lóng tíng le xià lai　tiān lóng bǎ yuè liang
太阳拿起鞭子一抽，让天龙停了下来。天龙把月亮

shuǎi le xià lai zhèng hǎo luò zài mài kè ěr de tuǐ shang
甩了下来，正好落在迈克尔的腿上。

a　　　mài kè ěr xià le yí tiào　　wǒ gāi zěn me bàn
"啊！"迈克尔吓了一跳，"我该怎么办？"

suí nǐ　　liè hù shuō　　nǐ bú shì shuō xiǎng yào yuè liang ma
"随你，"猎户说，"你不是说想要月亮吗？"

mài kè ěr yí xià zi xiǎng qǐ le tā gēn mǎ lì ā yí de duì huà　céng jīng
迈克尔一下子想起了他跟玛丽阿姨的对话。曾经

xiǎng yào yuè liang　kě shì xiàn zài zhēn ná dào le　tā yòu bù zhī dao gāi zěn me bàn cái
想要月亮，可是现在真拿到了，他又不知道该怎么办才

好了。

正胡思乱想之间，太阳的鞭子声音传来。迈克尔赶紧抬起头看向场上。

"二加三等于几？"太阳问天龙。

天龙用尾巴摆了五下来回答。

"六加四呢？"天龙思考了一会儿，又用尾巴摆了九下。

"错了！"太阳喝道，"今天的晚饭没有了。"

天龙听了大哭起来，只好下场，边走边唱着忧伤的歌。

"天龙一个姑娘也吃不到么？"迈克尔问道，不想被猎户禁止了。

这时候狮子裹着星尘上场了。

狮子缓缓来到太阳跟前，吐出了红色的长舌头，一脸凶相地蹲着。太阳笑着，用脚踢了一下狮子的鼻

zi shī zi bèi tī le hǒu qǐ lai xiàng hòu yí tiào
子。狮子被踢了，吼起来，向后一跳。

tài yáng de biān zi zài cì xiǎng qǐ lai shī zi hǒu jiào zhe kào liǎng tiáo hòu
太阳的鞭子再次响起来。狮子吼叫着，靠两条后

tuǐ zhàn lì qǐ lai tài yáng yòu gěi le tā yì gēn shéng zi shī zi shēn chū liǎng
腿站立起来。太阳又给了它一根绳子。狮子伸出两

zhī qián zhǎo zhuā zhù kāi shǐ chàng qǐ gē lái
只前爪抓住，开始唱起歌来。

chàng wán zhī hòu shī zi yòng shéng zi biǎo yǎn qǐ tiào shéng lái
唱完之后，狮子用绳子表演起跳绳来。

zhè shí mù hòu yǒu shēng yīn chōng zhe shī zi shuō dào kuài diǎn gāi wǒ men
这时幕后有声音冲着狮子说道："快点，该我们

shàngchǎng le
上场了！"

kuài jìn lai ba　dà māo　　hái yǒu bǔ chōng de
"快进来吧，大猫！"还有补充的

shēng yīn
声音。

shī zi tīng le　rēng xià le shéng zi　cháoshēng yīn pū
狮子听了，扔下了绳子，朝声音扑

guò qu　　fā chū shēng yīn de liǎng gè xiǎo dòng wù qīng yì de
过去。发出声音的两个小动物轻易地

bì kāi le
避开了。

yuán lái shì dà xióng hé xiǎoxióng
原来是大熊和小熊。

tā men bù huāng bù máng de　jìn chǎng shǒu lā shou tiào
它们不慌不忙地进场，手拉手跳

qǐ le yuán wǔ　　tiào wán zhī hòu　tā menxiàng zhe tái xià de
起了圆舞。跳完之后，它们向着台下的

guānzhòng jū gōngshuō dào
观众鞠躬说道：

wǒ men shì dà xióng hé xiǎo xióng
"我们是大熊和小熊，

dà jiā shéi yǒu cí bēi xīn
大家谁有慈悲心，

ná chū nǐ men de fēng wō
拿出你们的蜂窝，

gěi zhè li de liǎng zhī gǒu xióng
给这里的两只狗熊。

hái yǒu
还有……

天上马戏团的情景被描述得活灵活现。

hái yǒu
还有……"

dà xióng hé xiǎo xióng jiē jie bā bā   miàn miàn xiāng qù
大熊和小熊结结巴巴，面面相觑。

xià miàn shì shén me lái zhe   dà xióng wǔ zhe zuǐ qiāoqiāo de shuō
"下面是什么来着？"大熊捂着嘴悄悄地说。

wàng jì le a   xiǎo xióng gān gà de dī tóu kàn jiǎo xià de xīng chén
"忘记了啊……"小熊尴尬地低头看脚下的星尘。

guānzhòng hěn pèi he de yuán le chǎng bǎ dà bǎ dà bǎ de fēng wō rēngshàng tái
观众很配合地圆了场，把大把大把的蜂窝扔上台。

dà xióng hé xiǎo xióngzhōng yú fàng xià xīn lái   jiǎn qǐ fēng wō   cháo tài yáng jū gōng zhī
大熊和小熊终于放下心来，捡起蜂窝，朝太阳鞠躬之

hòu jiù zǒu le
后就走了。

tài yáng bǎi le bǎi shǒu   yīn yuè shēng jiā dà   quán tǐ chū chǎng de dào le
太阳摆了摆手，音乐声加大。"全体出场的到了！"

liè hù tí xǐng zhe liǎng gè hái zi
猎户提醒着两个孩子。

shuāng bāo tāi   liǎng zhī xióng   shī zi dōu huí lai le   hòu miàn hái yǒu yì zhī tiān
双胞胎、两只熊、狮子都回来了。后面还有一只天

é   chàng zhe qīng cuì yōu yáng de gē
鹅，唱着清脆悠扬的歌。

jǐn gēn zhe hòu miàn lái le jīn yú   sān zhī xiǎo yáng hé shāng xīn kū qì de tiān
紧跟着后面来了金鱼、三只小羊和伤心哭泣的天

lóng   jīn niú dài zhe jù dà de hǒu shēng tiào le jìn lai   xiǎng yào shuǎi diào shēn shang
龙。金牛带着巨大的吼声跳了进来，想要甩掉身上

de xiǎochǒu tǔ xīng   dòng wù men dōu jìn lai le   chǎngshang yí piàn jīn guāngshǎnshǎn
的小丑土星。动物们都进来了，场上一片金光闪闪。

jié shù le ma   jiǎn wèn dào
"结束了吗？"简问道。

"快了，"猎户回答，"今天晚上表演时间短，十点半的时候她会过来。"

"她是谁？"简和迈克尔同时问出口，猎户装作没听到，挥手说道："都快点过来！"

所有的动物在场上热热闹闹，把星尘带起来一团一团。太阳高高举起了他手里的鞭子，向他们这

biān diǎn le diǎn tóu
边点了点头。

biān zi huī qǐ lai zài chǎng de xīng xing dōu xiàng tā jū le yí gè gōng
鞭子挥起来，在场的星星都向他鞠了一个躬。

tā men bú shì duì wǒ men jū gōng ba mài kè ěr bù gǎn xiāng xìn
"它们不是对我们鞠躬吧？"迈克尔不敢相信。

hòu miàn xiǎng qǐ yí zhèn shú xi de xiào shēng tā men zhuǎn guò tóu qù hòu miàn
后面响起一阵熟悉的笑声。他们转过头去。后面

de bāo xiāng lǐ zuò zhe yí gè dài cǎo mào de rén lán sè de yī fu xiàng liàn shàng
的包厢里坐着一个戴草帽的人，蓝色的衣服，项链上

diào zhe yí gè jīn sè de hé zi
吊着一个金色的盒子。

huān yíng mǎ lì bō píng sī suǒ yǒu de xīng xing dōu hū hǎn qǐ lai
"欢迎玛丽·波平斯！"所有的星星都呼喊起来。

yuán lái mǎ lì ā yí jīn tiān wǎn shang shì yào lái zhè li jiǎn hé mài kè ěr
原来玛丽阿姨今天晚上是要来这里。简和迈克尔

zǐ xì biàn rèn qǐ lai méi cuò shì mǎ lì ā yí
仔细辨认起来，没错，是玛丽阿姨。

zhī hòu mǎ lì ā yí hé tài yáng tiào le gè wǔ jiù gēn jiǎn hé mài kè ěr
之后，玛丽阿姨和太阳跳了个舞，就跟简和迈克尔

huí jiā le
回家了。

名师点拨

　　夜里，简和迈克尔到天空中游览了一圈，看到了很多有趣的节目。其实，天上有数不清的星星，我们有时间的时候可以多了解一些关于星星的知识。

第七章　气球多又多

名师导读

一大早，班克斯太太就打发玛丽阿姨和孩子们去买东西。孩子们很想要几个气球，出乎意料的是，玛丽阿姨满足了他们的愿望。

一天早晨，班克斯太太慌张地走进了儿童室里，冲着玛丽阿姨说道："玛丽阿姨，你有没有时间帮我买点东西？"说完，她的神情变得局促起来。

玛丽阿姨回过头来，没什么表情："可能吧！"

班克斯太太更紧张了。

"说不准呢！"玛丽阿姨说着，把手里的上衣挂到炉架上。

"额，如果可以的话，这是清单，还有一英镑。买东西剩余的钱归您。"

玛丽阿姨没有说话，习惯性地吸了吸鼻子。

"哦，想起来了，今天没有摇篮车，你行吗？"班克斯太太突然说。

玛丽阿姨显然没有班克斯太太的心情那么激动，她尖刻地说道："我是什么都没问题的。"

"当然，当然。"班克斯太太陪着笑匆匆下楼了。

"她还是最好不在这里。"班克斯太太在客厅里对着曾祖母的画像说道，"她总是让我感觉又回到了小女

班克斯太太和玛丽阿姨的对话形成了鲜明的对比，突出了玛丽阿姨说一不二的严厉性格。

hái de shí hou　yòu xiǎo yòu shǎ
孩的时候，又小又傻。"

mǎ lì ā yí bǎ dān zi hé chāo piào zhǔn bèi hǎo　bào zhe ān nà bèi er　shēn
玛丽阿姨把单子和钞票准备好，抱着安娜贝儿，身

hòu dài zhe shuāng bāo tāi　jiǎn hé mài kè ěr　chū mén le
后带着双胞胎、简和迈克尔，出门了。

tā men jí cōng cōng de zǒu dào yì jiā pù zi　bǎ dān zi shàng de dōng xi niàn
他们急匆匆地走到一家铺子，把单子上的东西念

le yí biàn
了一遍。

zá huò diàn yòu pàng yòu tū de diàn yuán hēng chī hēng chī de zài běn zi shang jì
杂货店又胖又秃的店员哼哧哼哧地在本子上记

下班克斯太太说的东西。

"大黄没有了,给您换李子吧?"店员问道。

"不行,"玛丽阿姨斩钉截铁地说,"换成木薯淀粉吧。"

"玛丽阿姨,淀粉上周已经买过了。"迈克尔在身后说道。

她不高兴地瞪了他们一眼,他们就不敢说什么了。

店员赶紧从箱子里抓了一些东西放到简和迈克尔的手里:"我没有别的意思,只是想感谢你们。"

迈克尔手里有三颗巧克力糖,简手里有两颗。

"你们一人一颗,别忘了给玛丽阿姨。"

他们谢过了店员,吃着巧克力糖,追上玛丽阿姨的脚步。

"给你的。"

玛丽阿姨拿过巧克力两口就吃掉了。

充分表现出儿童的天真。

她又走进药房，买了肥皂、芥末硬膏和牙膏。简和迈克尔小心翼翼地关注着玛丽阿姨手里剩下的钱，他们多希望最后能有剩下的钱来买好吃的啊！

玛丽阿姨又去迪普先生的店里买了煤，最后又到糕饼店买了通心粉。

"现在去哪儿？"玛丽阿姨走出来之后，迈克尔问道。

"回家。"

简和迈克尔心里的希望彻底破灭了，简直不能原谅她了。

他们无精打采地跟在玛丽阿姨身后，不知不觉走到了一个公园的

mén biān
门边。

dà mén hěn xīn tā men yǐ qián méi jiàn guò mén xià miàn yǒu yí gè shòu xiǎo
大门很新,他们以前没见过。门下面有一个瘦小

de lǎo tài tai tā xī gài shang fàng zhe yí gè pán zi shàng miàn yǒu yì xiē xiàng
的老太太,她膝盖上放着一个盘子,上面有一些橡

pí jīn yí yàng de dōng xi wǔ yán liù sè de tóu dǐng shang piāo zhe hǎo duō piào
皮筋一样的东西,五颜六色的,头顶上飘着好多漂

liang de qì qiú qì qiú bǎng zài gōngyuán de lán gǎn shàng huànghuàng yōu yōu
亮的气球,气球绑在公园的栏杆上,晃晃悠悠。

yǒu qì qiú jiǎn hǎn zhe xiàng lǎo tài tai pǎo guò qu mài kè ěr zài hòu miàn
"有气球!"简喊着向老太太跑过去,迈克尔在后面

gēn zhe
跟着。

xiǎo péng you men xiǎng yào nǎ yí gè zì jǐ guò lai tiāo ba lǎo tài
"小朋友们，想要哪一个？自己过来挑吧！"老太

tai zhāo hu dào
太招呼道。

wǒ men zhǐ néng kàn kan wǒ men méi yǒu qián jiǎn shuō
"我们只能看看，我们没有钱。"简说。

guāng kàn yǒu shén me yì si ne qì qiú yīng gāi ná zài shǒu li lǎo tài
"光看有什么意思呢？气球应该拿在手里。"老太

tai shuō
太说。

jiǎn hé mài kè ěr dōu zhī dao dàn shì hěn wú nài
简和迈克尔都知道，但是很无奈。

yǐ qián jìn gōng yuán de hái zi shǒu li dōu ná zhe qì qiú lǎo tài tai yòu
"以前进公园的孩子手里都拿着气球，"老太太又

shuō dào xiàn zài yǐ jīng guò shí la
说道，"现在已经过时啦！"

wǒ men xiǎng mǎi dàn shì zhēn de méi qián tā mài kè ěr yǒu diǎn fèn
"我们想买，但是真的没钱，她……"迈克尔有点愤

fèn bù píng
愤不平。

shuō shén me ne bèi hòu chuán lái shú xi de shēng yīn mài kè ěr bèi
"说什么呢？"背后传来熟悉的声音。迈克尔被

dèng le yì yǎn
瞪了一眼。

mǎ lì ā yí shuō zhe ná chū le liǎng xiān lìng bàn de yín bì fàng zài le lǎo tài
玛丽阿姨说着，拿出了两先令半的银币放在了老太

tai de pán zi li
太的盘子里。

"原来还有钱。"简说道，瞬间感觉到自己误会玛丽
阿姨了。

"我们要四个气球，谢谢。"玛丽阿姨有礼貌地说道。

老太太高兴地收起了银币，帮着孩子们挑起气球
来。迈克尔选了一个黄底红点的气球，老太太拿起
球用力一吹，气球就飘了起来。

"上面有我的名字！"迈克尔兴奋地喊道。

老太太自豪地说："你挑对气球了哦！"

"看看我的。"简拿着一个蓝色的气球说。老太太给她把气球吹了起来，果然气球上面写着"简·卡罗琳·班克斯"。

简既兴奋又好奇："你怎么知道我们的名字的？"

老太太咯咯笑道："气球上面都有名字，全世界一人一个，只要你挑对了。"

"也给玛丽阿姨一个气球吗？"老太太冲着玛丽阿姨古怪地微笑着。

"嗯，让她也试试吧。"

玛丽阿姨吸了吸鼻子，在气球堆里抓起一个红色的。奇怪的是，气球慢慢自己鼓起来了，而且上面出现了玛丽阿姨的名字。

老太太把气球接上线，交给了玛丽阿姨。

现在四个气球在一起挤挤挨挨，在天空中晃来晃去。

孩子们高兴地看着，没过一会儿孩子们的气球就带着他们飞到了空中。

"回家了。"玛丽阿姨说了一声，手中的红气球带着她飞了起来，后面跟着孩子们。

他们飞过了公园看守人的房子，来到了菩提树大道。"看，好多气球！"迈克尔喊道。

果然，远处有好多人拉着气球在空中一上一下。

"让一让啦，我是海军上将！"布姆海军上将和他的夫人在一个气球下面，大叫着滚过天空。

天空中的气球和人越来越多，玛丽阿姨在人群中给他们开路。

这时候简看到身旁有一位女士挑错了气球，她脚边的紫色气球上写着："首相。"

老太太劝她说："亲爱的，好好挑哦！"

"可我不是首相啊。"那位女士有点懊恼。

"不好意思,我是首相。"她身边的一个穿着笔挺西装,手拿雨伞的高个子男人说着走过来。

那女士说:"哦,那这个是你的了。那你手里的是不是我的?"

果然气球上写着"穆丽尔·布赖顿——琼斯女士",正是女士的名字。

他们交换了气球,气球带他们各自飞上了天空。

通过气球找到了一直想要寻找的人,将爱情故事插入到童话故事中,为童话故事增加了一层浪漫色彩。

他们一边飞一边聊天。

"您有夫人吗?"简和迈克尔听那位女士问道。

首相说:"没有,我还没有找到,

wǒ xī wàng wǒ de fū ren bú yào tài yán sù
我希望我的夫人不要太严肃。"

nín kàn wǒ zěn me yàng　　wǒ bù xǐ huan tài yán sù　　nǚ shì wèn dào
"您看我怎么样？我不喜欢太严肃。"女士问道。

hěn hǎo　　wǒ rèn wéi nín hěn hǎo　　shǒu xiàng shuō wán　　lā qǐ nǚ shì de
"很好，我认为您很好。"首相说完，拉起女士的

shǒu fēi dào rén qún zhī zhōng
手飞到人群之中。

mǎ lì ā yí qù nǎ lǐ le　　mài kè ěr wèn jiǎn
"玛丽阿姨去哪里了？"迈克尔问简。

jiù zài wǒ men qián miàn ne　　jiǎn zhǐ le zhǐ qián miàn yí gè yōu yǎ zhěng qí
"就在我们前面呢。"简指了指前面一个优雅整齐

的背影说道,那人手上抓着公园里最大的气球,他们正跟随着她回家。

"气球多又多!"老太太在他们后面叫道。

"气球多又多,大家不要挑错!"慢慢地只剩下了回音。

"都过来,到家了。"玛丽阿姨来到十七号的院子门前,端庄地跳着进了门,上了楼。孩子们跟在后面蹦跳着飞。来到儿童室里,他们抓着气球,腿在地板上擦着,发出很响的声音,玛丽阿姨一声不响地落到了地面上。

"这个下午太棒了!"简抱住玛丽阿姨说道。

名师点拨

只要握着一个气球,就可以飞到天空中,是不是很神奇呢?其实,这倒是和热气球的原理很像,如果大家有兴趣,可以查阅一些资料,看看热气球的原理是什么。

第八章 内利—鲁比娜

名师导读

简和迈克尔偷偷跟着玛丽阿姨，结果看到了春天是怎么制造出来的。而第二天，果然迎来了春天。

shén me shí hou cái huì tíng a
"什么时候才会停啊！"

jiǎn zuò zài chuāng qián míng xiǎn yǐ jīng bù gāo xìng hěn jiǔ le
简坐在窗前，明显已经不高兴很久了。

chuāng wài de xuě hái zài xià zhe xiàng yī chuáng hòu hòu de bái sè tǎn zi gài zài
窗外的雪还在下着，像一床厚厚的白色毯子盖在

gōng yuán mǎ lù hé yīng tao shù hú tong měi yì jiā rén de wū dǐng shang xuě yǐ jīng
公园、马路和樱桃树胡同每一家人的屋顶上。雪已经

xià le yì zhōu le hái zi men rè qiè pàn wàng zhe néng chū qu
下了一周了，孩子们热切盼望着能出去。

zhè shí hou mǎ lì ā yí jìn lai le gǎn jǐn shōu shi dōng xi wǒ men yào
这时候，玛丽阿姨进来了："赶紧收拾东西，我们要

chū qu le
出去了！"

shén me jiǎn hé mài kè ěr huái yí zì jǐ tīng cuò le dàn shì zhè ge tí
"什么？"简和迈克尔怀疑自己听错了，但是这个提

yì shùn jiān ràng tā men ān jìng xià lai　liǎng gè rén shōu shi wán dōng xi　jiù bèi mǎ lì
议瞬间让他们安静下来，两个人收拾完东西就被玛丽

ā　yí tuī zhe xià le lóu
阿姨推着下了楼。

zhè shí hou wài miàn de xuě yǐ jīng tíng le　hái zi men bēn xiàng yuàn zi dà mén
这时候外面的雪已经停了，孩子们奔向院子大门，

hái bú wàng xiàng zài wài miàn chǎn xuě de luó bó xùn　ài xiān sheng dǎ zhāo hu
还不忘向在外面铲雪的罗伯逊·艾先生打招呼。

suǒ yǒu de rén hǎo xiàng dōu chū lai hū xī xīn xian kōng qì le　jiǎn hé
所有的人好像都出来呼吸新鲜空气了。简和

迈克尔礼貌地向海军上将打招呼，
海军上将只顾叫着："春天怎么还
不来？"

拉克小姐也在外面，带着她的
两条狗。见到大家，她附和地说道：
"大家早啊，太阳还不出来呢，春天
什么时候到啊？"

"想要太阳你应该到海上去，
那里随时有太阳。"布姆海军上将
说道。

"那可不行，我要去给我的安德鲁
和威洛比各买一件皮大衣。"说完她
就急急忙忙走了。

卖冰淇淋的在街上推着他的车
子一边走着，一边摇铃。

通过对各种人物的语言、型态的描写，突出了人们对春天的盼望，为下文创造春天的事件做了铺垫。

gōng yuán shǒu mén rén zài gōng yuán mén kǒu huó dong
公园守门人在公园门口，活动

zhe gē bo hé jiǎo qǔ nuǎn
着胳膊和脚取暖。

qǐ pàn zhe chūn tiān ne shì ba jiàn dào mǎ lì ā
"企盼着春天呢是吧？"见到玛丽阿

yí hé hái zi men tā shuō dào
姨和孩子们，他说道。

wǒ jué de xiàn zài hěn hǎo mǎ lì ā yí
"我觉得现在很好。"玛丽阿姨

dá dào
答道。

zhǐ yǒu nǐ zhè me xiǎng gōng yuán shǒu mén rén xiǎo
"只有你这么想。"公园守门人小

shēng shuō dào
声说道。

mài kè ěr zhè shí hou zǒu zài hòu miàn tā dūn xià pěng
迈克尔这时候走在后面，他蹲下捧

qǐ le yì bǎ xuě yòng liǎng zhī shǒu shǐ jìn zuàn le qǐ lai
起了一把雪，用两只手使劲攥了起来。

hǎo jiě jie tā zuǐ li hán zhe xiào jiào dào
"好姐姐！"他嘴里含着笑叫道。

kàn wǒ yǒu shén me hǎo dōng xi
"看我有什么好东西！"

jiǎn gāng huí guò tóu mài kè ěr shǒu li de xuě qiú
简刚回过头，迈克尔手里的雪球

jiù sōu de yì shēng fēi guò lai zá zhòng le tā de jiān
就嗖的一声飞过来砸中了她的肩

bǎng tā jiào le yì shēng zhuǎn ér kāi shǐ wā xuě rán
膀。她叫了一声，转而开始挖雪，然

孩子们的活泼调皮通过几个细节动作展现了出来。

hòu jiù shì yì chǎng xuě qiú dà zhàn   mǎ lì ā yí zài zhè xiē xuě qiú zhī jiān
后就是一场雪球大战。玛丽阿姨在这些雪球之间

bù huāng bù máng zǒu zhe   kě shì zhè shí hou yí gè dà xuě qiú zhí zhí de dǎ
不慌不忙走着，可是这时候一个大雪球直直地打

zài le tā de bí zi shang
在了她的鼻子上。

　　　　　a　　　　mài kè ěr wǔ zhe liǎn jiào le qǐ lai　　　dùi bu qǐ　　mǎ lì ā
　　"啊！"迈克尔捂着脸叫了起来，"对不起，玛丽阿

yí　　wǒ bú shì gù yì de
姨，我不是故意的。"

　　mǎ lì ā yí bǎ bí zi shang de xuě mǒ diào　　lòu chū yì zhāng kě pà de liǎn
　　玛丽阿姨把鼻子上的雪抹掉，露出一张可怕的脸。

"不许再扔雪球！"她严厉地说道，之后继续向前走。简和迈克尔在后面默默地跟着。最后他们来到了一座古怪的房子跟前。

这房子立在雪里，上面被一根绳子固定在一棵树干上，它的周围有一圈甲板，尖尖的房顶是鲜红色的，与其说是一座房子，不如说它更像一艘船。而且，它只有窗子，没有门。

玛丽阿姨带着他们在一块牌子前面停了下来。牌子上有字："请敲三下半。"

迈克尔正在纳闷半下怎么敲的时候，只见玛丽阿姨扣住牌子上面的拉环，敲了三下。之后又用食指和

通过这些描写突出了房子的奇特和古怪。

拇指夹住它，轻轻地敲了一下。

敲完之后，房子马上从屋顶掀了开来。玛丽阿姨走到旁边甲板的另一头，爬上了一段梯子。爬到顶上，她回头招呼道："上来吧！"孩子们赶紧照办。

"跳！"玛丽阿姨说完就跳进了屋子里面。等到孩子们都安全跳了下来，屋顶又重新盖上了。

他们四下环顾起来，惊奇地睁大了眼睛。

这个房间非常古怪，里面只有一件家具，那就是一个靠在墙边的大柜台。墙壁是白色的，靠墙边上有一堆堆的绿色的木块，被雕刻成树枝的形状。地上还有刚油漆好的小树枝，也是木头刻成的。

墙上的牌子上提醒着他们：

"小心油漆！"

"禁止触摸！"

"远离青草！"

再仔细看，角落里还有一群木头做的山羊，羊毛可以看出是刚油漆过的。另一边有一堆花，看起来硬邦邦的，有黄色的、绿色的、白色的和蓝色的。它们看起来也是刚刚漆过的。

房间一头还有一个大号的绿玻璃瓶子，里面装满了好多各种颜色的扁平的东西。

"内利—鲁比娜！"这时候玛丽阿姨叫道。"快出来吧，我们到了！"

"好的！"

一个又高又细的声音从柜台底下传出来，紧接着露出了一个头，头上还有一顶扁扁的帽子，之后就是胖胖的身子和拿着红漆和木制郁金香的双手。

这个古怪的人看起来是木头做的，她发光的脸颊上的腮红一看就是油漆上去的！

"波平斯小姐，感谢您能过来！"古怪的人拉起玛丽阿姨的手说。

这时候孩子们才发现，她根本没有腿，她腰下面是整个一块，脚用一

对于木头人的形象和方舟一样的房子的描述都很独特。

gè yuán pán lái dài tì
个圆盘来代替。

méi guān xi de　nèi lì　lǔ bǐ nà　mǎ lì ā yí kè qi de shuō
"没关系的，内利—鲁比娜。"玛丽阿姨客气地说，

wǒ men hěn gāo xìng néng guò lai
"我们很高兴能过来。"

wǒ men dōu zài pàn zhe nǐ　xī wàng nǐ néng bāng wǒ men　tā tū rán
"我们都在盼着你，希望你能帮我们……"她突然

tíng xià lai　mǎ lì ā yí xiàng tā shǐ le yí gè yǎn sè　tā yě kàn dào le hái
停下来，玛丽阿姨向她使了一个眼色，她也看到了孩

zi men
子们。

wā　hái zi men dōu lái le　duō hǎo a
"哇，孩子们都来了，多好啊！"

tā zhuàn dòng yuán pán　yào shàng qián hé hái zi men lā shou　wǒ cháng tīng wǒ
她转动圆盘，要上前和孩子们拉手："我常听我

bà mā shuō qǐ nǐ men　hěn gāo xìng rèn shi nǐ men
爸妈说起你们，很高兴认识你们。"

hái zi men hěn jīng qí tā jū rán rèn shi tā men
孩子们很惊奇她居然认识他们。

nèi lì　lǔ bǐ nà xiǎng yào ná jià zi shang de dà píng zi　wú nài shǒu tài
内利—鲁比娜想要拿架子上的大瓶子，无奈手太

duǎn ná bú dào　wǒ hái shi bǎ wǒ bó bo jiào guò lai ba　tā shuō dào　dào
短拿不到。"我还是把我伯伯叫过来吧！"她说道，"道

jié bó bo　dào jié bó bo
杰伯伯！道杰伯伯！"

zhī hòu jiù jiàn guì tái hòu miàn de mén li chū lai yí gè rén　tóng yàng fēi cháng
之后就见柜台后面的门里出来一个人，同样非常

gǔ guài　tā gēn nèi lì　lǔ bǐ nà yí yàng pàng pàng de　bú guò kàn qǐ lai nián
古怪。他跟内利—鲁比娜一样胖胖的，不过看起来年

<ruby>纪<rt>jì</rt></ruby><ruby>大<rt>dà</rt></ruby><ruby>多<rt>duō</rt></ruby><ruby>了<rt>le</rt></ruby>，<ruby>而<rt>ér</rt></ruby><ruby>且<rt>qiě</rt></ruby><ruby>脸<rt>liǎn</rt></ruby><ruby>上<rt>shang</rt></ruby><ruby>看<rt>kàn</rt></ruby><ruby>起<rt>qǐ</rt></ruby><ruby>来<rt>lai</rt></ruby><ruby>并<rt>bìng</rt></ruby><ruby>不<rt>bù</rt></ruby><ruby>舒<rt>shū</rt></ruby><ruby>展<rt>zhan</rt></ruby>。<ruby>他<rt>tā</rt></ruby><ruby>还<rt>hái</rt></ruby><ruby>裹<rt>guǒ</rt></ruby><ruby>了<rt>le</rt></ruby><ruby>一<rt>yí</rt></ruby><ruby>块<rt>kuài</rt></ruby>

<ruby>围<rt>wéi</rt></ruby><ruby>裙<rt>qún</rt></ruby>，<ruby>一<rt>yì</rt></ruby><ruby>只<rt>zhī</rt></ruby><ruby>手<rt>shǒu</rt></ruby><ruby>里<rt>li</rt></ruby><ruby>是<rt>shì</rt></ruby><ruby>一<rt>yì</rt></ruby><ruby>只<rt>zhī</rt></ruby><ruby>木<rt>mù</rt></ruby><ruby>头<rt>tou</rt></ruby><ruby>雕<rt>diāo</rt></ruby><ruby>刻<rt>kè</rt></ruby><ruby>的<rt>de</rt></ruby><ruby>布<rt>bù</rt></ruby><ruby>谷<rt>gǔ</rt></ruby><ruby>鸟<rt>niǎo</rt></ruby>，<ruby>灰<rt>huī</rt></ruby><ruby>色<rt>sè</rt></ruby><ruby>的<rt>de</rt></ruby><ruby>颜<rt>yán</rt></ruby><ruby>料<rt>liào</rt></ruby>

<ruby>只<rt>zhǐ</rt></ruby><ruby>漆<rt>qī</rt></ruby><ruby>了<rt>le</rt></ruby><ruby>一<rt>yí</rt></ruby><ruby>半<rt>bàn</rt></ruby>。

"<ruby>你<rt>nǐ</rt></ruby><ruby>在<rt>zài</rt></ruby><ruby>叫<rt>jiào</rt></ruby><ruby>我<rt>wǒ</rt></ruby><ruby>吗<rt>ma</rt></ruby>？"<ruby>他<rt>tā</rt></ruby><ruby>温<rt>wēn</rt></ruby><ruby>柔<rt>róu</rt></ruby><ruby>地<rt>de</rt></ruby><ruby>问<rt>wèn</rt></ruby><ruby>道<rt>dào</rt></ruby>。

<ruby>然<rt>rán</rt></ruby><ruby>后<rt>hòu</rt></ruby><ruby>他<rt>tā</rt></ruby><ruby>看<rt>kàn</rt></ruby><ruby>到<rt>dào</rt></ruby><ruby>了<rt>le</rt></ruby><ruby>玛<rt>mǎ</rt></ruby><ruby>丽<rt>lì</rt></ruby><ruby>阿<rt>ā</rt></ruby><ruby>姨<rt>yí</rt></ruby>。

"啊，你终于来了，波平斯小姐！内利—鲁比娜一直在等着你，等着你给我们……"他也看见了孩子们。

"啊，不好意思啊，不知道一下子来了这么多客人，我先去把这件工作做完。"

"等一等！道杰伯伯！"内利—鲁比娜语气里有点着急，"给我把那个瓶子拿下来吧。"

孩子们有点奇怪，内利—鲁比娜似乎在命令道杰伯伯。

道杰伯伯跳过去，一举手就拿到了瓶子。

"亲爱的，给你瓶子。"

"请放在我的这边。"内利—鲁比娜看起来很高傲。

"这些是什么？"简这时候问道。

"是糖果，小姐，叫做会话糖。"道杰伯伯说道。

"可以吃吗？"

道杰伯伯抬眼看了一下内利—鲁比娜，之后小声捂

122

着嘴巴说道:"可以吃,但是我只是一个姻伯父(姻泛指异姓的、血缘关系较远的亲戚。其中年纪大于父亲,又属父辈的就叫姻伯父),而作为长女和继承人,她可以吃!"他边说边朝内利—鲁比娜那边尊敬地点头示意。

简和迈克尔不明白伯父的意思,但还是礼貌地回应他。

"现在开始,"内利—鲁比娜打开瓶子,高兴地说,"谁要?"

简伸手拿出了一颗星星形状的糖果。

"这里有字!"她叫起来。

内利—鲁比娜顿时哈哈大笑起来:"当然要有字!它叫会话糖!读出来!"

"你是我最亲爱的宝贝。"简念了出来。

内利—鲁比娜说了一句很好,又把瓶子推给了迈克

ěr   mài kè ěr tiāo chū le yì kē fěn hóng sè de bèi ké xíng zhuàng de táng guǒ
尔。迈克尔挑出了一颗粉红色的贝壳形状的糖果。

　　　wǒ ài nǐ　nǐ ne　　　tā niàn dào
"我爱你，你呢？"他念道。

　　shì de　wǒ yě ài nǐ　　nèi lì　lǔ bǐ nà xiào zhe qīn le yí xià mài
"是的，我也爱你！"内利—鲁比娜笑着亲了一下迈

kè ěr
克尔。

　　　xiàn zài gāi nín le　　bō píng sī xiǎo jie　　nèi lì　lǔ bǐ nà bǎ píng zi
"现在该您了！波平斯小姐！"内利—鲁比娜把瓶子

tuī gěi le mǎ lì ā yí   liǎng gè rén hái jiāo huàn le yí xià
推给了玛丽阿姨，两个人还交换了一下
yǎn shén
眼神。

　　mǎ lì ā yí tuō xià shǒu tào   bǎ shǒu shēn le jìn qu
　　玛丽阿姨脱下手套，把手伸了进去。
rán hòu tā ná chū le yì kē xīn yuè xíng zhuàng de
然后她拿出了一颗新月形状的。

　　"jīn wǎn shí diǎn zhōng   jiǎn shàng qián bǎ táng shàng miàn
　　"今晚十点钟。"简上前把糖上面
de zì dú le chū lai
的字读了出来。

　　dào jié bó bo shuō dào   duì   jiù shì jīn tiān wǎn
　　道杰伯伯说道："对，就是今天晚
shang
上……"

　　dào jié bó bo   nèi lì   lǔ bǐ nà gǎn jǐn
　　"道杰伯伯！"内利—鲁比娜赶紧
zhì zhǐ dào
制止道。

　　dào jié bó bo xiàng zuò cuò liǎo shì yí yàng   liǎn
　　道杰伯伯像做错了事一样，脸
shang de xiào róng xiāo shī le   tā gǎn jǐn xiàng nèi lì
上的笑容消失了。他赶紧向内利—
lǔ bǐ nà rèn cuò   duì bu qǐ   qīn ài de   wǒ lǎo
鲁比娜认错："对不起，亲爱的，我老
le   duì bu qǐ
了，对不起。"

　　nèi lì   lǔ bǐ nà   wǒ xiǎng wǒ men děi zǒu
　　"内利—鲁比娜，我想我们得走

这些描写印证了前面孩子们的猜测——内利—鲁比娜在命令道杰伯伯。

125
PAGE

了。"这时候玛丽阿姨把糖果放进手提

包里,郑重地说道,还拍了拍手里的提

包,又和内利—鲁比娜交换了一个秘密

的眼神。

孩子们和内利—鲁比娜道过再见,

舔着他们的会话糖,急匆匆地跟着玛丽

阿姨走了。

"那颗糖里面肯定有暗号!"简对

迈克尔说道。

"什么?我的这颗吗?"

"当然是玛丽阿姨手里的那一

颗!"简说道,"今天晚上十点钟

一定有什么事情要发生,我要等

着看!"

"我也要看!"迈克尔很坚定地

两个人的对话让简和迈克尔的机灵可爱形象跃然纸上。

shuō dào
说道。

wǎn shang jiǎn zhèng zài zuò mèng hū rán gǎn jué yǒu rén zài zháo jí de jiào tā
晚上，简正在做梦，忽然感觉有人在着急地叫她，

tā jīng xing le guò lai yuán lái shì mài kè ěr
她惊醒了过来，原来是迈克尔。

shuō hǎo le yào děng zhe kàn de tā qiāoqiāo de shuō
"说好了要等着看的！"他悄悄地说。

shén me é duì le nǐ yě shuō guò
"什么？哦，对了，你也说过！"

xū zhè shí hou tā men tīng dào gé bì fáng jiān yǒu rén zǒu lù de shēng yīn
"嘘！"这时候他们听到隔壁房间有人走路的声音。

tā men gǎn jǐn pǎo dào gè zì de chuángshangzhuāngshuì
他们赶紧跑到各自的床上装睡。

gé bì ér tóng shì de mén qiāo qiāo de dǎ kāi le yí gè nǎo dai shēn chū lai
隔壁儿童室的门悄悄地打开了，一个脑袋伸出来

xiàng wài kàn le kàn zhī hòu yí gè rén zǒu le chū lai huí shǒuguānshàng le mén
向外看了看，之后一个人走了出来，回手关上了门。

tā men tīng zhe mǎ lì ā yí zǒu chū le dà mén zhè shí hou qiángshang de zhōng
他们听着玛丽阿姨走出了大门，这时候墙上的钟

zhèng hǎo qiāo le shí xià
正好敲了十下。

tā men gǎn jǐn bēn dào le gé bì de ér tóng shì nà li de chuāng zi kě yǐ
他们赶紧奔到了隔壁的儿童室，那里的窗子可以

kān dào gōngyuán
看到公园。

zài gōng yuán nà biān nà zuò fāng zhōu yí yàng de fáng zi jiù zài tā de dà
在公园那边，那座方舟一样的房子就在它的大

mén kǒu
门口。

fāng zhōu de dǐng shì kāi zhe de　　nèi lì lǔ bǐ nà zhàn zài lóu tī de dǐng
方舟的顶是开着的。内利—鲁比娜站在楼梯的顶

shang dào jié bó bo fù zé dì gěi tā yóu qī guò de mù tou shù zhī
上，道杰伯伯负责递给她油漆过的木头树枝。

zhè shí hou mǎ lì ā yí yǐ jīng zhàn zài fáng zi pángbiān de jiǎ bǎn shang děng zhe
这时候玛丽阿姨已经站在房子旁边的甲板上，等着

jiē guò nèi lì lǔ bǐ nà shǒu li de dōng xi
接过内利—鲁比娜手里的东西。

dào jié bó bo dì guò lai yì duī yóu qī guò de yún duǒ　zhī hòu shì yáng niǎo
道杰伯伯递过来一堆油漆过的云朵，之后是羊、鸟、

hú dié　　hái yǒu huā
蝴蝶，还有花。

suǒ yǒu de dōng xi dōu zhǔn bèi hǎo le　jiǎn hé mài kè
所有的东西都准备好了，简和迈克

ěr zhēng dà yǎn jing kàn tā men jiē xià lai de dòng zuò
尔睁大眼睛看他们接下来的动作。

nèi lì　　lǔ bǐ nà hé mǎ lì ā yí cóng dì chū
内利—鲁比娜和玛丽阿姨从递出

lai de mù tou dōng xi zhōng tiāo chū le cháng shù zhī　rán
来的木头东西中挑出了长树枝，然

hòu bǎ tā zhān dào le shù shang de guāng shù zhī shàng miàn
后把它粘到了树上的光树枝上面，

zhān hǎo zhī hòu　dào jié bó bo tiào qǐ lai zài shù zhī jiē
粘好之后，道杰伯伯跳起来在树枝接

tou de dì fang tú shàng lù sè de yóu qī
头的地方涂上绿色的油漆。

创造春天的方式很特别，非常有想象力。

sān gè rén jiù zhè yàng zǒu biàn le zhěng gè gōng yuán
三个人就这样走遍了整个公园，

bú yí huì er　gōng yuán li de shù dōu zhǎng chū le dài yǒu
不一会儿，公园里的树都长出了带有

shù yè de mù tou shù zhī
树叶的木头树枝。

jiǎn hé mài kè ěr kàn de yǒu diǎn jīng dāi le
简和迈克尔看得有点惊呆了。

zhī hòu nèi lì　　lǔ bǐ nà hé mǎ lì ā yí yòu bào
之后内利—鲁比娜和玛丽阿姨又抱

qǐ le mù tou yún duǒ　fēi dào le gèng gāo de tiān kōng zhōng
起了木头云朵，飞到了更高的天空中，

bǎ yún piàn zhān zài le gèng gāo de tiān kōng shàng miàn
把云片粘在了更高的天空上面。

云片贴好之后，还有羊、花朵、鸟和蝴蝶。所有的一切都放在了合适的位置之后，内利—鲁比娜说道："好了，都放好了！"说着她向四周环顾了一圈。

"还有一件。"道杰伯伯虽然老了，而且晚上的工作让他更加累了，但是他还是向旁边的一棵桉树走过去，然后拿出了随身带着的那只布谷鸟，放在了树枝之间。

"好了，波平斯小姐，我想我们该走了。"内利—鲁比娜激动地亲了亲玛丽阿姨，跳进方舟一样的房子里，不见了。道杰伯伯跟布谷鸟依依不舍地道过别之后也回去了，屋顶咔哒一声翻了下来，关上了。

"放开它吧！"内利—鲁比娜的声音传上来，玛丽阿姨走过去，解开了树上固定的绳子，窗子里有人把绳子收了回去。

简和迈克尔紧紧抓着对方的手，这时候方舟已经

cóng dì shangshēng le qǐ lai　tā piāo dào le xuě de shàngkōng　yáo yao huanghuàng zuì
从地上升了起来，它飘到了雪的上空，摇摇晃晃，最

hòu piāo jìn le xīngkōng lǐ miàn　bú jiàn le
后飘进了星空里面，不见了。

mǎ lì ā yí cháo zhe fāngzhōufáng zi huī le huī shǒu　kāi shǐ cōngcōng de wǎng
玛丽阿姨朝着方舟房子挥了挥手，开始匆匆地往

huí gǎn
回赶。

jiǎn hé mài kè ěr gǎn jǐn huí dào gè zì de chuángshang zuān jìn tǎn zi lǐ　hěn
简和迈克尔赶紧回到各自的床上，钻进毯子里，很

kuài biàn shuì zháo le
快便睡着了……

jiǎn　mài kè ěr　yuē hàn　bā bā lā　xuě huà le　chūn tiān dào le
"简、迈克尔、约翰、芭芭拉！雪化了！春天到了！"

yì zǎo shang jiù tīng dào bān kè sī xiān sheng de shēng yīn
一早上就听到班克斯先生的声音。

tā men gǎn jǐn pǎo xià lóu kàn jiàn hú tong lǐ yǐ jīng
他们赶紧跑下楼，看见胡同里已经

jǐ mǎn le rén
挤满了人。

suǒ yǒu rén dōu zài huān hū tài hǎo le chūn tiān
所有人都在欢呼："太好了！春天

dào le
到了！"

mài kè ěr zhuǎn tóu kàn xiàng jiǎn tā de yǎn jing lǐ chū
迈克尔转头看向简，他的眼睛里出

xiàn le cóng méi yǒu guò de liàng guāng
现了从没有过的亮光。

zhè shì tā men zuó tiān wǎn shang zuò de
"这是他们昨天晚上做的！"

jiǎn hǎo xiàng zài xiǎng zháo shén me diǎn le diǎn tóu
简好像在想着什么，点了点头。

zhè shí hou jiǎn hǎo xiàng xiǎng dào le shén me
这时候简好像想到了什么，

zhuā zhù le mài kè ěr de shǒu tā hǎo xiàng cāi dào
抓住了迈克尔的手，他好像猜到

le tā de xīn si liǎng gè rén yì qǐ cháo zhe gōng
了她的心思，两个人一起朝着公

yuán pǎo qù
园跑去。

姐弟两个人在经历一系列事情之后，越来越有默契了。

hòu miàn bù mǔ hǎi jūn shàng jiàng lā kè xiǎo jie hái
后面布姆海军上将、拉克小姐还

yǒu mài bīng qí lín de rén dōu zài hǎn tā men tā men
有卖冰淇淋的人都在喊他们，他们

都不理，直到跑到他们看到方舟的地方。

他们气喘吁吁地停下来，这里深绿色的树枝下面

还盖着厚厚的雪。可是什么都没有了。

"它真的飞走了，"迈克尔说道，"这些不是我们自

己想象出来的吧？"

"肯定不是！"简忽然发现了什么，弯腰捡起了一个

东西，摊开手，是一颗粉红色的会话糖，上面写着"明

年再见！内利—鲁比娜"。

"是她带来了春天！"简看着会话糖说道。

"谢谢！"后面传来玛丽阿姨的声音，"早饭时间

到了！"

说完她从简手里拿走了会话糖："这应该是我的。"

她把糖放进了自己的围裙口袋，回家了。

迈克尔路过树的旁边，折了一段有新芽的树枝，说

道："它们看起来是真的啊！"

nǐ zěn me zhī dao tā men bú shì zhēn de　　jiǎn shuō dào
"你怎么知道它们不是真的？"简说道。

zhè shí hou shù shangchuán lái bù gǔ niǎo de shēng yīn　fǎng fú zài xiào hua zhè liǎng
这时候树上传来布谷鸟的声音，仿佛在笑话这两

gè hái zi
个孩子：

bù gǔ　bù gǔ
"布谷！布谷！"

名师点拨

连续几天下雪，让迈克尔和简都很盼望春天。其实，一年四季都是非常重要的，因为春种夏长秋收冬藏，每一个季节都是不能少的。

第九章　旋转木马

名师导读

　　在孩子们坐过了奇特的旋转木马后，玛丽阿姨坐在木马上离开了他们，这一次她也许不会回来了，但是孩子们却永远都记得她。

　　"今天的天气好舒服！"简舒展地躺在地板上懒懒地说。

　　"一定有什么事情！"玛丽阿姨吸了吸鼻子说。

　　迈克尔从糖罐子里拿出最后一颗巧克力糖，这是上周他过生日的时候弗洛西姑妈送他的。

　　"最后的一颗，肯定是最幸运的！"他自言自语着，把巧克力扔进了自己的嘴里。

"再好的东西都有结束的时候。"玛丽阿姨认真地说道。

迈克尔看了看她。玛丽阿姨的嘴角闪现一丝不易觉察的微笑,但是稍纵即逝。

"但是这是事实,什么东西都有期限。"

玛丽·波平斯阿姨回来了

MALI BOPINGSI AYI HUILAILE

简听了之后赶紧回头，她吃了一惊。

那玛丽阿姨也……

"真的吗？"她不高兴地问道。

"是的。"玛丽阿姨斩钉截铁地回答。

"我觉得好难过，好担心。"她忍不住悄悄对迈克尔说道。

"你是布丁吃多了吧！"迈克尔不以为然。

"不是的。"她刚想说出来，只听到有人在敲门。

"请进！"玛丽阿姨回应道。

罗伯逊·艾在门口打着哈欠问："你们知道出了什么事情吗？"

"什么事？"

"公园里现在有旋转木马了！"

"对我来说，这不是新闻！"玛丽阿姨严厉地说。

"是游园会吗？"迈克尔激动地大叫，"还有别的

137
PAGE

吗？秋千船和竹圈套东西有没有？"

"没有，"罗宾逊认真地回答，"就是一座旋转木马，昨天晚上才有的。我以为你还不知道呢！"

他回头向楼下走去，顺手关上了门。

简也兴奋地叫了起来，把刚才想说的话都忘了。

"玛丽阿姨，我们能去吗？"

"答应吧，玛丽阿姨！"迈克尔也说道。

玛丽阿姨把收拾好的盘子和杯子放好，说道："我会过去，我可以拿钱买票。你们能不能买票呢？"

"我有六便士！"简急着回答道。

"那你借给我两便士好吗？"迈克尔转而向简请求道。他们满怀希望地看着玛丽阿姨。

"不要在儿童室里胡乱走动，"玛丽阿姨板着面孔说，"我可以请你们一人坐一次，但是只有一次。"说完她就走了。

jiǎn hé mài kè ěr yǒu diǎn chī jīng   tā cóng lái méi yǒu qǐng guò wǒ men
简和迈克尔有点吃惊。"她从来没有请过我们！"

mài kè ěr kāi shǐ dān xīn le
迈克尔开始担心了。

nǐ méi shén me shì qíng ba   tā huí lai de shí hou mài kè ěr wèn dào
"你没什么事情吧？"她回来的时候迈克尔问道。

xiè xie   wǒ hěn hǎo   tā gāo ào de huí dá dào   xiàn zài gǎn jǐn lí kāi
"谢谢！我很好！"她高傲地回答道，"现在赶紧离开

zhè li   huàn yī fu qù hǎo ma
这里，换衣服去好吗？"

她说话还是原来的老样子，应该不会有事情。这样想着他们不再担心了，开始准备换出门的衣服。

玛丽阿姨在门厅的镜子旁边停了下来。

"玛丽阿姨，你今天很漂亮！"迈克尔着急地催着玛丽阿姨。

玛丽阿姨还是前后仔细看着，表情里有生气也有惊喜。然后玛丽阿姨把双胞胎放进了他们的摇篮车里，大家一起向旋转木马出发。

在公园大门门口，他们碰到了布姆海军上将，得知他们会在旋转木马上一人骑一次，上将说了一句："一路平安！"然后让孩子们吃惊的是，他居然立正，规矩地在玛丽阿姨前面行了一个礼。

"他为什么说一路平安啊？"迈克尔问道。

"因为他尊敬我！"玛丽阿姨严厉地说道，但是她的眼睛里有种不常见的温柔。

一阵难过的感觉又袭上简的心头。

"不会有什么事情吧？"简自言自语道。

这时候后面有人叫道："等一等！"

回头一看，原来是塔斯莱特小姐，现在她是颠倒太太了。

颠倒先生在旁边问道："你们是来骑旋转木马的吗？"

"是的，他们一人一次。"玛丽阿姨回答道。

"哦，那么好，再见，一路顺风！"颠倒先生郑重地举起帽子表达心意。

"再见，谢谢你们的祝福！"玛丽阿姨回应了一个优雅的回礼动作。

简作为一个小女孩，这种预感到离别的心理活动描写的很真实。

yí lù shùnfēng shì yì si   mài kè ěr wèn dào
"一路顺风是意思？"迈克尔问道。

jiù shì zhù nǐ yí lù shangpíngpíng ān ān   mǎ lì ā yí shuō dào
"就是祝你一路上平平安安！"玛丽阿姨说道。

qián miàn de yīn yuè shēng yīn yuè lái yuè jìn le   dà jiā dōu bèi xī yǐn guò
前面的音乐声音越来越近了，大家都被吸引过

qu le   mǎ lì ā yí kàn dào rén háng dao shang de yì pái huà què tíng zhù le
去了。玛丽阿姨看到人行道上的一排画却停住了。

huà jiā men zài rén xíng héng dào shàng yòng cǎi sè fěn bǐ huà le shuǐ guǒ   píng
画家们在人行横道上用彩色粉笔画了水果——苹

guǒ lí zi méi zi xiāng jiāo   xià miàn hái yǒu zì
果、梨子、梅子、香蕉。下面还有字：

"每人一个。"

玛丽阿姨咳嗽了一声，画家站了起来，原来是玛丽

阿姨的好朋友，卖火柴的伯特。

"玛丽，你怎么才过来啊，我们都等了一天了。"

伯特抓着玛丽阿姨的手，表情很激动。

玛丽阿姨有点不好意思，但是看上去很高兴。

"伯特，我们去旋转木马那边吧。"她的脸有点红。

他点头之后指着孩子们问道："他们和你一起吗？"

玛丽阿姨悄悄摇了摇头。

"我请他们只骑一次。"

"那我明白了。"

这时候他们走到了画家画的水果前面，玛丽阿姨从

画中捡起了一个梅子，咬了一口。

"你们不试一下吗？"卖火柴的人对孩子们说道。

简吃惊地看着他："可以拿起来吗？"

"尝试一下就知道了。"

她弯腰把手伸向了苹果,苹果就跳到了她的手上。

她咬了一口,真甜。

看到迈克尔吃惊的眼神,卖火柴的人说道:"只有玛丽阿姨在这里的时候,才会发生这样的事情哟。"

说完,他捡起来一个梨,递给了迈克尔。

这时候音乐再次响了起来。"伯特,我们真该走了。"玛丽阿姨有些着急地说道。

"好吧,亲爱的,再见!"卖火柴的人看起来很难过。

简觉得今天的人好像都在说"再见",而且玛丽阿姨的表情很古怪,但是她也知道问玛丽阿姨是没有用的,因为她从来不会跟他们解释。

旋转木马在一块空草地上,它整个都是新的,在阳光下闪闪发光。而且棚顶上还装饰着一面条纹旗子,到处都是金色的、银色的叶子,鲜艳的鸟儿和星

xīng měi de xuàn mù
星，美得炫目。

　　xuán zhuǎn mù mǎ màn le xià lai   mài kè ěr tiāo le yì pǐ qī chéng lán sè hé
　旋 转 木 马 慢 了 下 来，迈 克 尔 挑 了 一 匹 漆 成 蓝 色 和

hóng sè de xiě zhe   kuài tuǐ   de mǎ pá le shàng qu   jiǎn zé xuǎn le yì pǐ jiào
红 色 的 写 着"快 腿"的 马 爬 了 上 去。简 则 选 了 一 匹 叫

　shǎn guāng de xuě bái de mǎ
　"闪 光"的 雪 白 的 马。

　　xuán zhuǎn mù mǎ guǎn lǐ yuán zǒu guò lai   mǎ lì ā yí gěi le tā sì gè liù
　旋 转 木 马 管 理 员 走 过 来，玛 丽 阿 姨 给 了 他 四 个 六

biàn shì de yìng bì   hái zi men kàn dāi le   tā men hái cóng lái méi yǒu zuò guò liù
便 士 的 硬 币。孩 子 们 看 呆 了，他 们 还 从 来 没 有 坐 过 六

biàn shì de xuánzhuǎn mù mǎ ne
便士的旋转木马呢！

nǐ bú shàng lai ma　　mài kè ěr dī tóu wèn dào
"你不上来吗？"迈克尔低头问道。

zuò wěn le　　wǒ xià yí lún zài shàng
"坐稳了，我下一轮再上。"

yīn yuè zài cì xiǎng qǐ lai　　mù mǎ xuánzhuǎn qǐ lai
音乐再次响起来，木马旋转起来。

zhuā jǐn le　　mǎ lì ā yí zài xià miàn tí xǐng dào
"抓紧了！"玛丽阿姨在下面提醒道。

mù mǎ jiàn jiàn jiā kuài le sù dù　　kuài tuǐ　hé　shǎnguāng bèi zhe hái zi
木马渐渐加快了速度。"快腿"和"闪光"背着孩子

menzhuǎn zhe　　zhěng gè gōngyuán dōu zài wéi zhe tā menzhuǎn zhe
们转着，整个公园都在围着他们转着。

jiàn jiàn de　　mù mǎ sù dù màn xià lai　　tiān kōng hé dì miàn de jiè xiàn qīng
渐渐地，木马速度慢下来，天空和地面的界限清

xī xià lai　　gōngyuán bú zài xuánzhuǎn le　　mù mǎ tíng xià de shí hou　hái zi men
晰下来，公园不再旋转了。木马停下的时候，孩子们

cóng mǎ shàng pá xià lai　　yǎn jing li hái shi mǎnmǎn de xīng fèn
从马上爬下来，眼睛里还是满满的兴奋。

mǎ lì ā yí shǎo jiàn de yòng wēn róu de yǎn guāng kàn zhe tā men　　shì jiè
玛丽阿姨少见的用温柔的眼光看着他们："世界

shang de hǎo dōng xi dōu shì yǒu qī xiàn de　　tā chóng fù le yí biàn jīn tiān shuō guò
上的好东西都是有期限的。"她重复了一遍今天说过

de huà
的话。

dāng tā tái tóu kàn dào xuán zhuǎn mù mǎ de shí hou　　tā gāo xìng de jiào dào
当她抬头看到旋转木马的时候，她高兴地叫道：

gāi wǒ le　　shuōwán　　tā wān yāo cóng yáo lán chē lǐ zhǎo chū le yí yàngdōng xi
"该我了！"说完，她弯腰从摇篮车里找出了一样东西。

tā zhàn qǐ lai shí yòu zǐ zǐ xì xì de kàn le tā men
她站起来时又仔仔细细地看了他们

yí huì er rán hòu qīng qīng de mō le mō mài kè ěr de liǎn
一会儿，然后轻轻地摸了摸迈克尔的脸

shuō dào jì de yào tīng huà
说道："记得要听话。"

jiǎn nǐ yào zhào gù hǎo mài kè ěr hé shuāng bāo
"简！你要照顾好迈克尔和双胞

tāi tā yòu zhuā qǐ jiǎn de shǒu shuō
胎！"她又抓起简的手说。

shàng mǎ le guǎn lǐ yuán jiào dào
"上马了！"管理员叫道。

xuánzhuǎn mù mǎ shàngliàng qǐ le dēngguāng
旋转木马上亮起了灯光。

mǎ lì ā yí huí tóu shuō le yì shēng mǎ shàng jiù
玛丽阿姨回头说了一声"马上"，就

xiàngxuánzhuǎn mù mǎ zǒu guò qu
向旋转木马走过去。

mǎ lì ā yí jiǎn mò míng de kǒng jù qǐ lai
"玛丽阿姨！"简莫名地恐惧起来。

mǎ lì ā yí mài kè ěr yě dà jiào qǐ lai
"玛丽阿姨！"迈克尔也大叫起来。

mǎ lì ā yí méi yǒu lǐ tā men xuǎn le yì pǐ jiào
玛丽阿姨没有理他们，选了一匹叫

jiāo táng de mǎ qīng qīng de zuò le shàng qu
"焦糖"的马，轻轻地坐了上去。

yīn yuè xiǎng le qǐ lai mù mǎ yě kāi shǐ zhuǎn qǐ lai
音乐响了起来，木马也开始转起来。

shuāng bāo tāi zài shēn hòu kū le qǐ lai jiǎn hé mài
双胞胎在身后哭了起来，简和迈

玛丽阿姨平常在孩子面前总是一副严厉的面孔，但是内心深处她爱着身边的这些孩子，最后这些道别的动作和话语充分体现了这一点。

kè ěr què zhǐ gù kàn zhe mù mǎ shàng xuánzhuǎn zhe de mǎ lì ā yí
克尔却只顾看着木马上旋转着的玛丽阿姨。

xuánzhuǎn mù mǎ zhǎ yǎn jiān jiā kuài le sù dù suǒ yǒu de mù mǎ xuánzhuǎn chéng
旋转木马眨眼间加快了速度，所有的木马旋转成

le yí piàn guāng mǎ lì ā yí de shēn yǐng yí huì er guò lai yí huì er guò qu
了一片光。玛丽阿姨的身影一会儿过来，一会儿过去。

shēn yǐng yòu zhuàn guò lai de shí hou yí dào shǎn liàng de guāng huǎng le yí xià yí
身影又转过来的时候，一道闪亮的光晃了一下，一

yàng dōng xi fēi dào tā men jiǎo biān
样东西飞到他们脚边。

jiǎn wān yāo jiǎn le qǐ lai yuán lái shì yí gè jīn sè de hé zi dài zhe yì
简弯腰捡了起来，原来是一个金色的盒子，带着一

jié duàndiào de jīn liàn zi
截断掉的金链子。

jiǎn chàn dǒu zhe dǎ kāi le hé zi yí dào shǎn shuò de guāng zhào zài bō li
简颤抖着打开了盒子，一道闪烁的光照在玻璃

shang tā men kàn jiàn lǐ miàn shì tā men de huà xiàng kào zài yí gè rén de shēn biān
上，他们看见里面是他们的画像，靠在一个人的身边。

zhè ge rén yǒu zhe zhěng jié de hēi sè tóu fa yán sù de yǎn jing fěn hóng sè de
这个人有着整洁的黑色头发，严肃的眼睛，粉红色的

liǎn jiá hái yǒu yí gè xiàng shì wán ǒu de bí zi yí yàng de bí zi
脸颊，还有一个像是玩偶的鼻子一样的鼻子。

huà xiàng xià miàn yǒu yì xíng xiǎo zì bān kè sī jiā de jiǎn mài kè ěr yuē
画像下面有一行小字："班克斯家的简、迈克尔、约

hàn bā bā lā hé ān nà bèi er yǔ mǎ lì bō píng sī
翰、芭芭拉和安娜贝儿与玛丽·波平斯。"

tā men zhuǎn guò tóu qù kàn fēi kuài xuán zhuǎn de mù mǎ mù mǎ zhuǎn de cóng lái
他们转过头去看飞快旋转的木马，木马转得从来

méi yǒu zhè yàng kuài yīn yuè shēng yě cóng lái méi yǒu zhè yàng xiǎng guò
没有这样快，音乐声也从来没有这样响过。

jǐn jiē zhe yí zhèn cì ěr de lǎ ba shēng chuán le chū lai zhěng zuò xuán zhuǎn
紧接着，一阵刺耳的喇叭声传了出来，整座旋转

mù mǎ cóng dì miàn shang shēng le qǐ lai yuè shēng yuè gāo xuán zhuǎn qǐ lai de
木马从地面上升了起来，越升越高。旋转起来的

guāng máng ràng zhōu wéi de yí qiè dōu biàn chéng le jīn sè
光芒让周围的一切都变成了金色。

tā zǒu le mài kè ěr shuō dào
"她走了。"迈克尔说道。

mǎ lì ā yí huí lai ba tā men xiàng tā huī zhuó shǒu dà jiào
"玛丽阿姨回来吧！"他们向她挥着手大叫。

kě shì tā què méi yǒu lǐ huì tā men ān jìng de xiàng qián níng shì zháo shén me
可是她却没有理会他们，安静地向前凝视着什么。

旋转木马离开了周围的树木，飞向了天空，越来越远，最后只剩下一个光亮的点，融入到星空之中。

孩子们默默地回到了家里。这时候班克斯先生冲进了前门，喊道："出现了一件稀奇的事！"像一阵风一样上了楼，推开了儿童室的门，说："天上出来了一颗新的星星，从没有见过这么大的。我跟布姆海军上将借来了望远镜，大家过来看吧！"

说着他已经举着望远镜跑到了窗户边上。

"是真的！"他跳着说，"啊，太美了，简直是一颗宝石！过来看啊！"

他把望远镜递给了班克斯太太。

"孩子们，快来看新的星星啊！"他喊道。

"那不是星星，是……"迈克尔说道。

"不是星星？是什么？"

"别听他的，他老是说傻话！"班克斯太太说着，已

经找到了新的星星，"啊，真是天上最亮的啊！孩子们，

过来看！"

她把望远镜给了简和迈克尔，他们从望远镜里面

看到了漂亮的木马、闪亮的铜杆还有旋转的黑点，那

黑点转着转着，最终不见了。

这时候布里尔太太敲门进来了："不好意思，太

太。"她满脸着急，"我得向您报告，玛丽·波平斯又

走了！"

"什么？一下子走了？"

"对！跟上回一样！"布里尔太太有些得意。

"天哪，怎么会这样！"班克斯太太转过身来对班

克斯先生说道，"玛丽？波平斯又走了！"

"什么？算了，我们在天上又看到一颗新的

星星呢！"

"星星能照顾孩子们吗？"班克斯太太不高兴

de dū nang
地嘟嚷。

tā néng zài wǎn shang zhào jìn zhè jiān chuāng zi lǐ lai　　bān kè sī xiān sheng
"它能在晚上照进这间窗子里来!"班克斯先生

yuè shuō yuè gāo xìng　　zhè yàng de měi jǐng bù bǐ zhào gù hái zi men qǐ jū qiáng duō
越说越高兴,"这样的美景不比照顾孩子们起居强多

le ma
了嘛!"

tā shuō huà jiān yǎn jing dōu méi yǒu lí kāi guò wàng yuǎn jìng　　nǐ shuō shì
他说话间眼睛都没有离开过望远镜:"你说是

ma tiān kōng zhōng zuì liàng de xīng xing　　tā tái tóu chōng zháo tiān kōng wèn dào
吗,天空中最亮的星星?"他抬头冲着天空问道。

jiǎn hé mài kè ěr lái dào bà ba shēn biān yì qí wàng zhe wài miàn de tiān kōng
简和迈克尔来到爸爸身边,一齐望着外面的天空。

zài yáo yuǎn de xīng kōng li　　xuán zhuǎn mù mǎ jiāng huì chuān yuè hēi sè de tiān
在遥远的星空里,旋转木马将会穿越黑色的天

mù zài tā men de chuāng wài shǎn shǎn fā liàng jiāng tā men de mì mì bǎo cún qǐ
幕,在他们的窗外闪闪发亮,将他们的秘密保存起

lai zhí dào yǒng yuǎn
来,直到永远。

名师点拨

　　玛丽·波平斯阿姨走了,离开了孩子们。在我们成长的过程中,也会有很多人离开我们。所以,我们要珍惜和别人相处的每一刻。